文章「人間」事，得失讀友知

——寫在《沒有觀眾的舞台》再排新版之前

在五〇年代，個人雖在各報刊發表若干篇小說，但在台灣出版界仍算新人。繼香港「東方文學社」的《解凍的時候》、馬來西亞曙光公司的《女生宿舍》出版後，才有這本《沒有觀眾的舞台》誕生。

當時蕭孟能先生主持「文星」書店，大手筆出版「文星叢刊」，第一批作者有梁實秋、蔣勻田、黎東方、余光中、李敖、陳紹鵬、林海音、聶華苓、於梨華、沉櫻等十位，碩彥群集，極一時之盛。因此，各界均爭相投稿；而每月均出版十本新書，打破當時零星出版新書的慣例。本書是排在五十四年七月第十七批（文星叢刊一六〇到一六九號），作者依次為魏惟儀、朱夜、蔡文甫、周夢蝶、魯稚子、黃朝湖、徐蔭祥、余光中、何秀煌、劉鳳翰等十位（「文星叢刊」新書十種預約廣告見本文後之次頁）。

如此不厭其煩的敘述這段出版淵源，在說明「文星」當時獨領風騷之一斑，而時光不再，名家凋零星散，本批作品中僅有余光中、周夢蝶二位仍揮毫不輟，光芒萬丈，其餘大多音訊已杳。近報載周夢蝶在本批出版之《還魂草》，網路以高價一萬七千三百元標售成交，蔚為奇蹟。

書中部分作品在《現代文學》月刊發表，因該刊是由台大外文系出身的白先勇、王文興等小說家主編，刊用之稿件，和傳統的說故事方式不同，注重心理刻劃，採用意識流技巧，壓縮時間與空間，展現另一種真實人生，其作品被目為「現代派」。但時代遞嬗，流派早已混淆、湮沒，多年前作品現仍保存供讀友閱讀，已是不幸中之大幸了。

楚茹在〈追求現代文學的成果〉（見二一五頁）一文中，提到他最喜歡的是那篇〈飢渴〉，認為是現代文學中「可貴的收穫」。〈飢渴〉一文發表後，有人懷疑模仿法蘭茲．卡夫卡（Frang Kafka）的〈變形記〉，但此文創作的源頭，是來自一場夢境。在睡夢中曚矓看到多年前的小學同學。他課餘愛把別人對他說的個人私密到處傳播，所以心中隱藏著極端不滿，在看到他變成硬殼蟲時便憤怒地踩他一腳。和〈變形記〉中類似童話式的人物蛻變不同；而且在發表〈飢渴〉多年後，才看到

〈變形記〉的譯文，這種事後「巧合」，正好藉再排新版的機會說明。

特別要介紹研究西洋現代文學的楚茹，他在九歌譯安・波特（Anne Porter）的五十萬字長篇小說《愚人船》，出版後頗受好評，譯普魯斯特的《追憶似水年華》，已到達一半，但因大陸同時多人搶譯出版，他便放棄翻譯這部世界名著的工作。

因這是我在台灣出版的第一本書，為文推薦的還有另一位小說作家楚卿。不知是巧合，還是「文星」故意安排，在本書面世之前的一個月，文星叢刊第十六批推出《楚卿小說選》，惜他已於八十三年辭世，享壽七十有一。

藉此由重排新版之際，特追憶往事與文緣、人緣，和新舊讀友互勉。

蔡文甫

九十八年五月
於台北市

「文星叢刊」七月份新書十種開始預約

民國五十四年

▲魏惟儀
溫妮的世界
No.160

▲朱夜
朱夜小說選
No.161

▲蔡文甫
沒有觀衆的舞臺
No.162

▲周夢蝶
還魂草
No.163

▲魯稚子
現代電影導演散論
No.164

▲黃朝湖
爲中國現代畫壇辯護
No.165

▲徐蔭祥
荆齋八十年
No.166

▲余光中
逍遙遊
No.167

▲何秀煌
現代社會與現代人
No.168

至七月二十日截止・全部廿五日出版

實售十四元・預約優待每冊十元

星書店出版

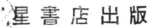

目錄

人獸之間

陸克瞇著眼，蹲伏在走廊水泥地上。凌亂腳步聲驚醒牠，睜眼便見主人右手拿一張大紅紙，左手捧著漿糊罐，向放在門前的一塊木板走去。太太跟在後面嘮叨：「不要衝動啊，再考慮考慮。八折、七折賤賣，賣了就虧本，後果想好了沒有？」

陸克伸長腰桿站起來，縱往主人身旁，搖著尾巴繞圈子。牠知道貼紅紙是大減價，店裡的顧客跟著就會多起來。一批批貨物賣出去，再一大堆一大買進來。主人雖然很忙碌，但總是笑嘻嘻的。主人臉上成天綻著笑容，牠也很開心。牠最怕主人愁眉苦臉。

主人說：「那有什麼辦法，虧本也要賣啊；三十年的老店，要輸給那毛頭小夥子！」

陸克知道「毛頭小夥子」，是指隔壁的店老闆。主人的父親就在這鄉村開這爿店，雜貨和百貨都賣。傳到主人的手裡，店愈來愈大，這鄉村裡用的和吃的，都可以在這裡買到。但去年夏天年輕的周老闆，就在隔壁開張，賣的東西和他們家完全相同。他們家的主顧一大半跑到隔壁去；很多客人說，周家的東西又好又便宜。還有兩個年輕的女店員漂亮又和氣，誰不願到周家買東西。

主人聽了，氣得瞪眼吹鬍子，大罵毛頭小夥子不走正道搶他家生意。可是沒有用，客人經過他家門口瞧瞧，又走到周家去。一年裡頭貼了好幾次紅紙：大減價、大拍賣、大贈品……剛貼上紅紙，客人多了些；但過了一天、兩天，客人又跑到隔壁去了。以前貼上紅紙條，一個禮拜內，客人擠滿店鋪買東買西。主人晚上結完帳，總是嘻嘻地笑。有時拍拍牠的頭，還賞牠兩個肉包子。現在，牠真懷念那種愉快的日子。可是主人像再也沒有往日的心情了。

主人把漿糊刷在有兩隻支架的木板上，然後把紅紙貼上去。牠雖然不認識紅紙上的黑字，但看看主人臉上那副得意的笑容，覺得這紅紙一定會打敗那「毛頭小夥子」。從此以後主人就很開心，再不像往日那樣脾氣暴躁，亂罵人，隨便摔東西了。

紅紙貼好，漿糊罐由太太拿回去，主人退在一旁仔細審視上面的大字，彷彿檢查有沒有錯誤似的那樣認眞。陸克圍住木板繞圈子，尾巴搖擺著，嘴裡還輕輕地「唔——唔」哼叫，表示自己的興奮和得意。

一會兒，主人掉轉身，半躺在走廊籐椅上，眺望黃昏景色。但陸克知道：主人表面裝得輕鬆，內心卻很緊張地注意客人對紅紙的反應。晚霞映射在主人乾枯的臉上，這時牠也覺得主人面龐光亮、紅潤，比平時要溫和親切得多。

牠圍著主人籐椅縱跳，主人的目光突地傾視牠，牠尾巴搖得更起勁。主人已很久沒有用這種表情看牠，牠不能放棄這親暱的機會。於是牠貼緊耳朵，舉起兩隻前爪搭上主人雙膝。現在牠不知如何處理自己的尾巴了。豎起？垂下？還是繼續搖晃？主人最喜歡哪種動作？

立刻就不用擔心了。主人雙手已輕撫牠頭頸上的毛，摸著牠的耳朵、鼻子、嘴巴、脊梁……牠感到一陣醉心的暈眩，尾巴得意地急速擺動。火車喇叭吼叫後轟隆隆駛過；雄雞捏著嗓子尖啼；收音機的響聲突然嘈雜喧囂……眼前有一連串白色星球閃爍、跳躍；粉紅的、乳白的雲彩在天際飄遊、晃蕩，世界是如此甜蜜、溫暖和可愛。

噢──顛覆了，牠身體感到劇烈震動，靈魂從陶醉中甦醒，原來主人雙手用力摔脫牠，目光釘住那圍在木板旁的人群。

「汪汪……汪……」

牠急叫數聲，衝向那群人。牠在人群旁繞圈子，看清每個人的面孔了。有年輕的周老闆，兩個漂亮的妖裡妖氣的女店員；還有村莊上的老客人──牠說不出他們的名字；但看看他們的樣子，聞聞他們身上的氣味，就曉得是老客人──現在和「毛頭小夥子」

們有說有笑，像對這紅紙牌有無限的輕蔑和嘲笑。

牠看到他們的態度，眞想在他們每個人的腿上咬下一口肉來。但牠曉得那是做不到的，周老闆家裡有刀、有繩還有木棍會對付牠；周家老闆娘也很兇，常用洗鍋、洗腳的穢水淋牠。牠從心底不喜歡他們一家，但那有什麼辦法呢？主人都敗在他們手內，牠又能有多少力量反抗他們。

周老闆說：「不要緊，要拚就拚到底。他能賤賣，我們就能賣——」

「可是，」一個曲線玲瓏的女店員說：「人家是三十年老店啊！」

「現在還是賣『老』的時候！」周老闆哼了一聲不屑地說：「我們有現代的企業精神，用新的方法管理、經營，拚不過那老不死的才怪——」

陸克眞想咬周老闆一口。因爲牠知道說的「老不死」，就是牠的主人。牠第一次聽到別人用這樣輕蔑的語調談到牠的主人。主人是那樣正直，那樣善良，卻遭受如此的譏諷，那簡直是太不公平，完全沒有眞理。

兩個女店員同時舉起雙臂喊：「周老闆萬歲，年輕的一代萬歲！」

周老闆含笑先走進自己店鋪，兩個輕浮的女店員和那幾個客人仍嘻嘻哈哈談笑。牠不願聽他們說的話，也不想回到主人身旁。主人眉毛、眼睛、鼻子湊在一起；晚霞隱退，面龐又是那樣乾癟蒼白，露出怒容。牠想，主人又要發脾氣罵人了。

牠在走廊前面廣場上繞圈子。雞、鴨、鵝一大群搖搖擺擺橫過廣場。牠們都是周家老闆娘飼養的，雞屎、鴨糞遍布各處，主人時時咒罵牠們，但牠們仍然昂頭闊步搖搖晃晃，像是非常自傲。牠眞有點輕視牠們，討厭牠們。牠後腿一蹲，前腿躍起，便向雞群猛撲過去。

雞鴨鵝呱呱叫，搧著翅膀，擺動身體向四處逃逸。陸克感到一陣報復性的報意，覺得已替主人打抱了不平。

轉過身去，牠突地發現周家店門前，橫掛著一大幅紅布。四方白紙塊寫著黑字，一塊塊斜立在布上。

牠不知道紅布上寫些什麼，但看看那氣派就像把主人的紅紙打敗了。客人們和女店員圍繞在周家店門前，指手畫腳笑嚷。周老闆雙腳分開兩手扠腰站在廣場上，得意地欣賞自己的傑作。那種表情和姿態，陸克都看不順眼，牠眞想上前咬他一口；但牠不敢。

陸克稍稍踅近主人身旁，離開籐椅約三步的地方蹲下。牠覺得主人太孤獨、太寂寞，應該由牠來陪伴他。主人的頭低下，臉色幽黯晦澀。可是隔壁的店鋪內正在喧譁鬧嚷。哦，原來是周家把收音機的音量放大，顯得朝氣蓬勃。主人彷佛也感到這一點，放大喉嚨對店內小主人喊道：「把收音機開大一點！」

確是很熱鬧，兩家收音機都嘰哩咕嚕吼叫。但主人的收音機太老。喇叭也太小，播放出來的音樂，立刻被毛頭小夥子蓋掉。主人的頭低垂到胸前，像再也抬不起伸不直。

牠感到一陣憤怒，從內心升起。主人的委屈受得太多太大，牠也無法忍受。

被牠衝散的雞群，又在廣場上踱步。牠沒有考慮就衝向牠們。追隨著金黃色的雄雞跑了幾步，雄雞連跳帶飛的逃走。那隻紅嘴白毛的大鵝，仍傲然地慢慢閒逛，牠撲上前去，咬著鵝的長頸。鵝掙扎、嚎叫、雙翅撲打、喘息……人聲鬧嚷、喝阻。但鵝已倒在地上，兩腿哆嗦，只剩下一絲游氣。

主人、周老闆、女店員……一大群人圍住牠和那隻死鵝。牠喘息地看著那鮮紅的血跡從鵝頸內慢慢滲出，這時內心平靜得多。

周老闆走到牠主人面前冷冷地說：「你賠鵝？還是把陸克交給我賠命？」

牠內心顫慄，突地覺得禍惹得太大。周老闆的刀、繩、木棍就要來對付牠。現在只等主人的一句話了。

「畜生，你瘋了！」主人的目光由鵝身上折回擲在牠的眼前，牠感到害怕。主人的喉嚨骨嘟一下。牠想，那是嚥下一口痰。沒有，主人把一口黏液吐在地上，微弱地說：「我賠鵝！」

人群散了，周老闆倒提起鵝腿走回家去。鮮紅的血跡仍一滴一滴印在地上。

主人又回到籐椅坐下，兩隻手緊托著低垂的額角。牠看不到主人的面龐，但牠想得到主人的臉更蒼白憔悴了。

黃昏褪色，黑夜慢慢上升，陸克踱回走廊蹲下，兩架收音機仍然喧囂鬧嚷，但牠自己覺得非常寂寞、淒涼。

背向著電鐘

她從電鐘的側面走近他，他仍向著馬路邊眺望。平時她都是順著馬路走來的。

「我來遲了，抱歉。」她說：「你等很久了吧？」

「噢——」他轉過身軀驚異地看著她，像是不明白她爲什麼會突然改變方向。

他們慢慢地向公園的幽靜角落走去。他沒有再說話。月光被樹蔭遮沒，看不到他面部的表情。他爲什麼要這樣沉默呢？他可以罵她、埋怨她。這時間和地點都是她指定的；而她卻來得這樣遲，像不是故意作弄他。

她再扭轉脖頸看電鐘一眼：八點半。已遲了半個小時。她向來都是很準時的。

「今天我本意不想來，」她輕聲說，像是怕別人聽到似的。「後來我覺得失約不大好，還是趕來了。」

他停住腳步，站在一株椰樹下，月光在他面龐上跳躍。她不想看他的臉、他的眼睛，只想看灰色天幕上的星星。但一會兒又盯住他的面孔。他臉上布滿了懷疑或者說是憂鬱的神情。突然之間她覺得他瘦了，病了，老了。

「爲什麼會有這樣想法？」他問。

「昨天有人看到我們。」

「是誰？」

「你知道的，」她不耐煩地說。一邊順著碎石子路向前走。「就是我們第一次碰面時的那個人。」

「噢——對了。」他忽然領悟地說：「就是妳不喜歡的那個男人。」

她的確不喜歡那個男人。那有什麼辦法？是媽媽幫她拉攏的。媽媽說，不喜歡不要緊，時常在一起玩，玩久了發生感情，就會喜歡了。但巧得很，和那個男人在舞池裡碰到他。他以前是她的鄰居，有五年多沒有見面，現在居然能意外地相逢，她眞開心極了。那時她還不到十五歲，他一直把她當作小孩；可是她現在又高又大，能和他一樣談天、說笑、跳舞。他接著就禮貌地請她跳一支舞，還訂了下次約會的時間。她眞的是大人了。

「妳既然不喜歡他，」他又接著說：「爲什麼要理會他的觀感？」

「可是，他已告訴我媽媽了。」

「妳媽媽曉得妳和我在一起？」

「是的，」她憂鬱地說。「媽媽不准我和你在一起玩。」

「妳說過，妳快要到二十歲了。妳有自己的主見，不受到別人的影響，想要做什麼就做什麼，想和誰在一起，就和誰在一起……」

「可是，」她在他停頓的時候接著說：「我和你在一起就想到你太太，想到小蘭、小馬兩個孩子。」

他突地上前一步，握住她的右手。她輕輕地抽了回去，他又用力握住它。

他結巴地說：「不要提了，不要提到他們。」

「可是，」她感到手心傳來一陣冰冷的感覺。「我老是想到他們。你太太對我這樣好，昨天還包餃子給我吃。小蘭一直叫姐姐長，姐姐短。我怎能忘記他們？」她說不下去了。音調沙啞，眼眶潤溼。她忽然想哭。想哭的理由她說不出。

她猛地抽回右手想從皮包裡拿出手絹擦眼睛。但手碰到皮包，就不想拿手絹了。她不希望他看到自己流淚，更不願意看到自己在哭。是的，她沒有哭的理由。她很年輕，也很自由。任何人，任何事都不能限制她，只要她願意，她可以掙脫一切約束。現在她絕不是孩子了。在高中畢業考不取大學時，曾經痛哭過一場。那是因爲幻想破滅。多少年以前，她就希望自己能挾著厚厚的洋裝書，又長又大的筆記本，在廣闊的校園裡昂起頭，直著頸子走路。然後整個世界，整個宇宙都踩在她腳下。她可以在浮雲白日間任意悠遊、翱翔，俯瞰大地、山川、蟲魚……想不到一下子就栽倒塵埃。王子不見了；俠客、青年騎士也不爲她決鬥比劍了。哭能挽回失敗的命運？

「妳不要難過，」他像看穿她的心事。「都是我不好，我不該找妳的。」

「誰說的？我們都不好。」她急忙分辯。「我把你平靜的生活攪亂了。如果我第一次不答應你的邀請，就沒有這些煩惱了。」

儘管這樣說，但在當時不答應他的邀請是不可能的。她和他在舞池裡踱著慢步。他追問她：「那舞伴是妳的男朋友？」

「不是。」

「妳喜歡他嗎？」

「不喜歡。」

「那麼妳還和他在一起？」他說。「那個人長得好難看，配不上妳，看樣子也沒有妳高。」

「這有什麼辦法？母親要我這樣嘛！」她無可奈何地說。「而且我又閒得沒事做，出來玩玩也不錯。」

「我也閒得無聊，以後每個禮拜可以請妳跳一次舞。」他說，「如果妳有了男朋友，我也可以幫妳看看。現在我還是妳的老師……」

她的心尖抖動，氣息喘急。五年以前，爲了要考學校，他幫她補習功課，所以有時喊他叔叔，有時喊他老師。她自己非常喜歡他，而從他的眼神和言語態度上，覺得他也很喜歡她。他時常在仔細打量她以後，笑嘻嘻地大聲說，妳長大了，更漂亮了。他一直把她當做孩子。會摸摸她的頭頂，拍拍她的肩膀。但她體會到感覺到自己慢慢長大；也暗自相信他會等她——等她做什麼？她不敢想，也想不出，那是自己祕密的願望。可是忽然之間他結婚了。

他結婚的日子，她一天沒有出門，躺在床上裝病。她以爲自己會流淚、會痛哭——沒有。她忍住悲痛。因爲她忽然領悟：她仍舊是個孩子，不屬於成人的世界。在任何人的目光中他是她的叔叔、老師。而現在她單獨赴老師的約，和老師擁舞在一起。五年前被撲滅的感情，一下子熾熱起來；他的臂膀慢慢增加圍繞的力量，她的胸脯緊貼著他。鼓聲、喇叭聲、鋼琴聲——朦朧地混成一片。黃暈的光彌漫在瘋狂似的人潮裡。擁擠、婆娑舞姿、月光下的蛙鳴，豆大的雨點跌落在簷前的鐵皮上，形容詞的比較，老師結婚生孩子……她已進入了沒有理性的世界。面頰黏貼在一起，他吻了她。可是，她又想哭了。因爲他不把她當孩子了。第二天，他帶她到他的家，他太太已生了一個男孩，一個女孩。她該愛他、怪他？還是該恨他？

她說：「我今天晚上不來，你會怪我、恨我嗎？」她又掉轉頭看電鐘。電鐘已離開他們很遠隱入樹蔭中，她已看不到時間了。

「不會。我沒有資格怪妳或是恨妳。」

刹那間，她覺得他很可憐。內心有一種衝動，想用手撫摸著他的眼睛、面頰。想找出一些話來安慰他。她說：「你的生活過得很快樂嗎？」

「生活？」他重複著。「快樂，很快樂。」

「你太太知道我和你在一起嗎？」

「不知道。」他說。

「知道以後她會怎麼說？」

「不能讓她知道。」

「爲什麼不能讓她知道呢？」她有點孩子氣地說。「我們規規矩矩地在一起，她還不相信我們？」

「我沒有試過。」他不安地說。「她很善良，她管家帶孩子已夠忙，我不想再告訴她使她心煩——但我可以試試。」

她立刻止住他。「不用試了。你以後也不要到我家找我了。我媽媽不喜歡你。」

「那我打電話到妳辦公室去。」

「不要。」她說：「辦公室電話在科長桌上。科長嫌我的電話多。你還沒有看見他皺起眉頭聽別人接電話的表情哩！我接一次電話，總是出一身冷汗。」

他們都沒有說話。走到岔道上，他還是繼續往前走，但她一下子就覺得話全部說光，沒有再往前走的必要了。

她轉入另一條碎石子路。「我要回去了，回去遲了，媽媽又要囉嗦半天。」

「妳媽媽不覺得妳長大了？」

「可是，」她最喜歡用「可是」開頭。「在媽媽的目光中，我永遠是孩子。」當然，那不是眞的。媽媽很信任她，一向給她適度的自由。自從聽說她和他玩在一起，就經常查問她的行動和時間了。

「那麼我送妳回去！」

「不要。」

「爲什麼呢？」

「不要問女孩子爲什麼，女孩子的行動是沒有辦法講理由的。」她說完便覺得語氣太重，連忙接著說：「你送我，又不敢在明亮的燈光下走；可是，我又不喜歡黑暗的地方。」

他低頭默默地跟著她走。她一直想用鞋尖踢開路上的石子，但怕被他認爲是孩子氣，終於忍住沒有踢，繼續安靜地向前走；只是一步步踏著月光下自己的身影。

她側轉臉問：「你現在還是喜歡月亮，不喜歡星星？」

「妳還記得？」他很詫異：「不過我已完全變了。星星和月亮都不喜歡了。」

「你喜歡什麼？」

「喜歡海。」他吸了一口氣說：「我喜歡看海、聽海；海是個樂天派，不會給人增加煩惱。妳覺得對嗎？」

她沒有回答，也不想回答。現在已走近電鐘。她不得不和他說再見。她走了幾步，才聽到他遙遠的「再見」聲。

父與子

門口旋進一陣風，掀起辦公桌右角公文，橫貼在低頭寫字的王欣平底臉上。

他急伸左手抓開那張公文，右手擲下紅桿蘸水筆，拿起藍墨水瓶預備壓在單張公文上。在做這些動作轉頭之間，從八百度近視眼鏡邊兒，瞥見一個人影從二十七級的樓梯上滾下來。這形象在他腦中一閃便消逝，因他自己的煩惱已夠多，再不願多管閒事了。

倏地他驚叫一聲，甩掉手中東西，直衝向樓梯旁。但太遲了，五歲的小茹已跌倒在水泥地上，嘴巴張大連連噓氣，做大哭以前的準備，接著就「哇——」地嚎叫起來。

他蹲下搶著抱起她。兩隻手臂捧住她的身體，檢視臉上和身上的傷痕。還好，只見額角擦破一塊皮。小茹雙手抱頭哭喊，拉開她的手，才發現頭上有一個大疱。

「別哭呀，小茹勇敢。」他哼著晃蕩雙臂，像一個自動的搖籃。「自己不小心，怪誰呀！」

小茹不理父親的話，仍任性吼叫，眼淚洶湧地流滾。他騰出左手用手掌揩拭她的淚水。「不哭，不哭，爸買糖給妳吃。」

但小茹並沒有停止哭喊的意思。他感到又氣、又急，渾身都冒出汗來。把小孩帶到辦公室來上班，已太不像話，現在小孩又如此哭鬧，影響全辦公室的安靜，同事都要對他不滿了。他跑到樓梯旁之後，一直沒敢回頭看向辦公室。他知道別人不會說他、罵他，但他怎能受得了大家那種輕視的、譏笑的目光。那些，他都可以不管，現在怎樣使小茹停止哭叫呢。

「小強！小強！」他大聲喊叫。他覺得小強太不懂事了，爲什麼不好好照顧妹妹。他如果在小茹身旁，小茹可能就不會跌倒。

「爸爸！」小強在他身旁出現了，輕輕地說。「爸爸！」

現在他才知道小強一直躲在門後偷窺著他。從妻子離開他以後，他已打過小強五次，小強現在又怕他處罰了。

「你不看著妹妹？」

「玻璃彈珠，她要玩，在樓梯滾……不要我管——」

「你又搶她的彈珠？」

「沒搶，我沒搶！」小強爭辯道。「媽媽說過——」

他大聲喝住了小強：「不准提到媽媽。」如果在家中，他定要摑他一記耳光。但這兒是辦公室，而且小茹的哭聲還沒有停止。他曾再三交代過他們兄妹，媽媽去穿好的、吃好的，不要他們了，他們也不要想媽媽。爸爸會同樣照顧他們的。他每天早晨幫他們穿衣、洗臉、燒飯給他們吃。上下班時一手攙著小強，一手攙著小茹，他們不是挺快活嗎。

「我要媽媽，我要媽媽——」小茹邊哭邊喊。

他怎樣回答她呢？離開母親才十天，孩子們一定會想念媽媽的。他們在睡夢中，不是常常喃喃地叫「媽媽，媽媽……」麼？可是，那有什麼辦法呢？他已盡了自己最大的力量留她，安慰她，而她仍是果決地走了。一年前她就討厭管理家務，一定要出去做事。她到一家公司服務，賺的錢比他還要多，家裡僱了一個女工，她不要做洗衣、燒飯的雜事，他想她可以滿足了；誰知她又參加了「商展小姐」競選；雖然她沒有獲得勝利，但卻跨進了另一個階層，踏進富有的、專談物質享受的生活圈子，見的和聽的不再是柴米油鹽，而是服飾、珠寶、鈔票……等等令人眼花撩亂的世界。他還能留得住她嗎？

「媽媽，我要媽媽呀！」

「我們去找媽媽。」他輕拍她的背哄騙她。「再哭，我就不喜歡——」

「去呀，找媽媽。」小茹兩腿一伸一縮地踢蹬，兩臂揮舞。「媽媽呢？」

他再不能騙她了。現在是辦公時間，他怎能離開；就是能離開，他會帶著孩子去找她？她曾說過：你帶著孩子來看我，我是十分歡迎的。他和孩子都喜歡看到她，但和她在一起晤談後，離別了又怎樣過？

他側轉頭看牆上的那隻電鐘。才十點二十分，距離下班時間還早。現在他每天都是遲到早退，早上九點上班，十一點就離開辦公室，他要在家裡煮飯、燒菜，就顧不得同事們的諷刺了。在婚變以前，他覺得自己是最幸福的人，有一個好妻子，有聰明伶俐的男孩和女孩。做事精幹老練，長官非常器重他，所以他上下班時總昂頭走進走出。經過這一次打擊，再也抬不起頭來。覺得同事們的目光似在說：「現在還驕傲嗎？你已是一個只值得別人同情和憐憫的人了！」

什麼？他辦公桌上有誰在翻動？掉轉頭便見是鄰桌同事丁元秋。二個月前，他曾和丁爲著一件公事意見不合，兩人互罵了半天，所以一直沒有和他講話，現在，丁怎會在他桌上亂翻。

小茹的哭聲由急轉緩，由高而低，已不像先時那樣使全辦公室的人心煩。但他還是輕聲哄著她：「乖點，一會兒買隻大洋娃娃給妳。」

「不要，我要媽媽！」小茹牽動著身體說。

他慢慢走向自己辦公桌，原來是他趕著來抱小茹，把墨水瓶打翻，丁元秋正在把桌上的公文和卷宗拾掇在一旁，用一個大紙團揩拭他桌上的藍墨水。

忽然之間，有無數的感覺侵襲著他。他不知道自己是羞愧，還是氣憤？正像一個未熟的膿疽，被人捺住，有那種又痛、又癢的味道。

「你去哄小茹吧，」丁元秋看他一眼低聲道：「我幫你整理好了。」

「誰要你管，」他大聲說：「我的手又沒有斷。」

他見丁元秋立刻僵住了。丁的左手扶著桌沿，右手的紙團停在藍墨跡上。彷彿揩拭下去不好、停止了也不好。

「你……你脾氣，這樣……」丁元秋掀動嘴角，結巴地道：「我們都很同情你，你的工作，我們幫忙，你還是去——」

丁元秋沒有說下去。王欣平知道自己的臉色一定很難看，把他的話壓抑住了。他對自己剛才說的話感到很後悔，爲什麼在這時刻要有那麼多的憤怒呢？是妻子對不起我，全辦公室的同事都是正人君子，而我卻頂撞了他們。看哪，他們都用怎樣的目光看我呀？我在他們眼中又是怎樣的一個人啊？

「不要難過，」丁元秋挺直腰向他橫跨一步，輕聲道：「每個人都會遭遇到不幸的，全要看我們有怎樣的勇氣，才能使自己堅強地生活下去……」

他的弱點像一下子被對方抓住，眼淚點滴地滾下來。突然覺得屋中有一股熱氣緊緊裹著他，每個人的面孔都慢慢地模糊，變成一個個圓圈。圈兒愈轉愈大，層層套著他，他感到窒息，呼吸像已停止了。

「媽媽呀，我要媽媽。」小茹抽噎著說。

「別哭。」他轉身偷偷用右手背擦自己面頰上的淚水。「我們去找媽媽。」

他剛走了兩步，小強趕來挨在他身旁。他本想給他一記耳光，責罰他不小心照顧妹妹的錯誤。但看到小強畏葸的可憐樣子，就不忍打他了。

他握著小強伸過來的手時想：「一人買一個喜歡的玩具，先哄哄他們吧！」

眞和假

陳護士長跨出門檻，金太太便猛力摸上大門。一轉身，抓起掛在牆上的皮外套，摔在地上。

「砰！」

一聲巨響，夾著「嘩啦」的水聲。掉轉頭，她才知道自己用勁太大，皮外套的袖子把熱水瓶套翻在地上。熱水瓶破了，水汩汩流著。

她沒有理會那損失，仍在客廳中蹦跳，尋找洩憤對象。有了，斜撐在寫字檯上的藍邊照相框，眞惹她生氣，她爲什麼不——轉念之間，便衝上前去，搶在手裡用力摜在地上。

照相框上玻璃四分五裂，相片上的人對她發出淺笑，諷刺還是得意？她雙腳跳上去，連連踏著。那戴近視眼鏡的清秀面龐，變成灰黑色，分不清眼睛、鼻子，再不能嘲笑她白費心血……

想到白費心血十八年，痛楚劇烈。她眞以爲自己在作夢，但護士長親口對她說的還會錯？那是在無意中洩漏出這祕密的，經她一再追問，才說出宗亞不是她親生的兒子。這使她怎樣忍受。她把尿、抓屎、照顧吃、照顧穿……把宗亞一分一寸地摸大，可以數出他身上多少頭髮和骨頭了，現在平地起個霹靂，說他不是她生的，眞把她擊昏了。她該怎麼辦呢？

煩悶、氣忿、焦急……許多情緒在她胸膛燃燒。越想越不對。宗亞的身材比父親高。念起書來好笨。英文、數學、物理、化學老是考不及格。他們夫妻倆智慧都很高，會生這樣蠢材？護士長的話不會錯，她是親眼見到把別人的孩子換給她的。他是個野種——他爸爸可能是個下流胚：竊盜、殺人犯、遊手好閒的流氓……媽媽是個茶孃、酒吧女、賣淫婦……

長久養育這樣一個別人的孩子，眞不甘心。眼看他高中快畢業了，怕考不取大學，還特地爲他請家庭教師補習。對他太優待了。他們夫婦節衣縮食，總想使兒子的生活過得舒服。吃的、穿的、住的，都先讓他。他有什麼資格穿皮外套、法蘭絨褲；爲什麼要給他念大學？他的照片能擺在客廳的寫字檯上？哼，明天就要他退學。幹什麼啊？做木工、礦工、泥水工；擦皮鞋也行，可以賺錢貼補家用。家庭教師當然不用了，節省一筆不小的開支——問題多著哩，他們還能把他留在身旁，當作自己的兒子看待？用野種、雜種來傳宗接代，怎麼說得過去。這得問他老子——

怎麼會是他老子呢？宗亞一定和他沒有血統關係。那麼，算是他的什麼人？伯伯、叔叔……都不對勁。這問題一時還想不通。她生產當時，昏了過去，他老子是清醒的。他們怎敢公開的掉換嬰孩？難道丈夫是和他們同謀？這樣，當然要瞞住她。

可是，他爲什麼要把自己的孩子換給別人？也許她生的是女孩，他不喜歡——她聽說過，很多父親都偏愛男孩。所以他就把自己的女孩，換回一個兒子。古時宮庭裡，不少「貍貓換太子」的故事。但她不喜歡別人的孩子，她要自己生的女孩。那孩子現在生活得怎樣呢？也在念書吧？不會當酒吧女，或是落入火坑做不名譽的事？不是自己的骨肉，誰知道別人會怎樣對待她？

她用右拳擊著自己左手掌，在屋內團團轉，實在無法使自己安定下來。天下還有比這更痛苦的事嗎？她詛咒宗亞，怨恨丈夫——恨丈夫做出這樣既糊塗又不合理的事，使自己吊懸在半空，抓不到、撈不著。她要成爲一個無依無靠的老太婆了，沒有兒孫供養服侍，怎麼生活下去。

她倒在靠茶几旁的一張沙發上，眞想大哭一場。覺得自己的未來太悲哀了。以前的幻想都被這事實擊得粉碎。他說，媽媽，我和妳一樣高了。媽媽，我可以抱起妳。不要嘛，我不要結婚，我永遠和媽媽在一起。他結婚不結婚與妳有什麼相干？生了孩子也是外人的，可以掉換……

突地，覺得有個火花在眼前一閃，她內心忽然開朗起來。掉換嬰孩是不可能的事。有醫師、護士，還有別個孩子的父母，怎能公開地換來換去。那麼一定是護士長記錯或是看錯了；她那時剛從學校畢業，只是一個實習護士，還沒有工作經驗，年紀輕又不懂事，誰知她看到什麼人家的事，硬要套在他們的頭上——不對。不對。她一再告訴她，說是親眼看到把別個產婦懷抱中的孩子，抱在她身旁，這怎會有錯？可是，她自己生的孩子到哪兒去了呢？不能掉換，那定是死去了。多麼可惜啊——

「篤篤……」敲門聲大起來。

哦！門敲得很久了。她氣昏了不想開門。這一定是宗亞從學校回來。她不想看到他——看到他更生氣。或許她會衝著他說：「你滾吧！我不要你這個雜種——」他怎麼想，怎麼說呢？他呆呆地看著她，惶恐地說：「我不懂。這是從何說起啊？媽，妳不會是老糊塗了吧？」「我一點都不糊塗，就是要你滾！懂吧？離開這個家。」離開到哪兒去呢？她不知道，他是無辜的。他還是個學生，沒有生活的能力，只有受凍、挨餓的分……她能眼睜睜看著他受苦嗎——該等一等再說。要和他老子商量商量……。什麼，說不定是他老子下班回家。她是眞的氣糊塗了。

猛地跳起來，衝上前去開門。啊！眞的。是她丈夫回來了。

丈夫瞪著她的臉，她臉上的氣色一定很難看。發青呢還是發白？他的目光移開了，在屋中巡視了一周，驚異地問：「出了什麼事？」

她覺得心兒一軟，淚珠滾出眼眶。十八年來所受的磨難、痛苦和委屈，剎那間全在胸中澎湃奔騰，她再無法築堤防來堵塞。於是，嚎啕地哭著說：「我好苦命啊！你騙得我好苦啊……宗亞……宗亞不是我們生的……」

她很仔細地看著他。他愣了片刻，像是猛吃一驚；但一會兒工夫，又變得輕鬆自然了。那是表示什麼意思呢？男人的忍耐工夫都很強，謊話被揭穿，仍會裝得很鎮靜。現在倒要看他究竟怎樣來掩飾這件事。

「這是從何說起呀，」他皺皺眉頭，彎腰撿起地上的皮外套，用力抖動了一會兒，放在寫字檯上。「把客廳弄成這樣子，就爲的這個？」

她胸中的怒火又向上升。聽聽那說話的口氣，輕描淡寫，像絲毫不值得重視的一個小問題。但她怎能忍受下去。「你不要裝蒜了！」她伸出右手抹乾眼淚，大聲吼叫。「十八年前的事，我全知道了。陳護士長詳詳細細地告訴我。你瞞不了。她親眼看見，孩子從別人身旁抱過來——」

「好了，好了。」他從地上抓起那打破的熱水瓶把柄，搖手阻止。「妳這樣大聲鬧嚷，太不像話。讓別人聽了，傳到孩子耳中，影響孩子的心理，那損失就無法彌補了。」

「難道你要我睜開眼養著這個野雜種——」

「噓——」

他不慌不忙地撿拾打破的照相框、玻璃、汙穢的照片、熱水瓶的碎片。

金太太眼看著丈夫沉靜穩練的動作，心中對自己的躁急憤怒，也懷疑起來。他雖沒有說明這掉換的事，是眞是假，但他已暗示：不論眞假，都要隱瞞下去。他說那會影響孩子的心理，難道就不怕影響母親的心理——陳護士長眞有點多事了；她爲什麼要洩漏出這個祕密。這已是既成事實，怎樣在片刻之內，把十八年之久的事實推翻？不論是眞是假，金宗亞總是你的兒子，儘管內心怎樣痛苦，感到屈辱，但你還得裝著以有這個寶貝兒子爲榮——好了，她還得感謝護士長告訴她祕密。以後，她可以不要小心翼翼關懷他的冷暖飽餓，時刻爲他的學業前途擔憂。不是自己的親骨肉，無須費那樣多的心血，她落得輕鬆、自在……成年成月不看到他，也不會感到焦愁、掛心。讓那野孩子自生自滅吧！

丈夫已把破碎的東西，集攏在客廳的一角，然後坐在寫字檯旁的轉椅上，面對著她，從上衣口袋中摸出一支香菸，點燃著吸起來，仍和以往一樣悠閒。她覺得她和他這場戰鬥，她又失敗了。儘管衝突還沒開始，或許只是無言的爭執，她此刻是處在不利的地位。因爲她是如此不安、徬徨，而他卻表現得像任何事情都沒有發生。

「你說啊！是眞還是假？」她忍不住滿腔哀怨，眼淚又滾下來了。「到底是怎麼回事？」

他彈了彈菸灰，笑笑說：「眞的假的，會這樣重要？妳撫養了十八年，感情不是假的——還在乎事情的眞假？社會上多的是養子養女，人家怎麼辦？即或是假的，妳又怎麼辦？」

「不要他，趕他滾蛋！」

「妳能離開他？」丈夫的臉色嚴肅起來。「我們只有這個孩子，沒有他在身旁，妳不感到孤獨和寂寞？」

是的，沒有孩子在身邊的世界，確是暗無天日，她還記得宗亞去參加暑期戰鬥訓練離開家時，她老是覺得心中像缺少一些什麼。她要他每天寫封信回來，但他一個禮拜才寄回一封信。她一會兒想到他病了，一會兒又認爲他淹在水裡，或是跌下山崖……夜裡常常作惡夢——現在也許會不同。不是自己生的兒子，病死、跌死、淹死與她有什麼相干？但誰知道——這時她忽地想起宗亞這麼晚了還沒有回家，學校早已放學了。不是和太保們打架，或是遇到車禍吧？該叫他父親去看看究竟出了什麼事……呸，去你的！

「有沒有他，我不在乎。」她說：「一定要查清楚這回事，護士長講的到底是眞還是假？」

「那很容易。」他說：「妳記得和妳同住在一個產房的太太嗎？」

記得，那是一個可憐的女人。她的父母反對她和丈夫結婚，所以就脫離父女關係。半年後，丈夫死了，她懷孕才三個月。在產科醫院的產房內，她非常同情她哩！

「她是難產死的，妳已經知道了。」丈夫接著說：「她快要斷氣的時候，還要看看自己生的孩子。但她生的孩子，出娘胎就沒有出聲，所以把宗亞抱給她看一眼，再抱回來——」

現在她明白了。護士長那時是實習護士，前半段的事，她可能都不知道，只看到從別人懷中抱來孩子——可是，丈夫的話可靠嗎？他是說故事的能手，會把任何神話，編成美妙的故事。孩子最喜歡聽他的……她該相信他的話，不去自尋煩惱？

「篤篤……」敲門聲。噢！宗亞回來了，他沒有出事。他是那麼聰明能幹、堅強——不會出事的，誰希望他發生危險……她要看看他臉上的氣色。恐怕餓壞了，孩子眞可憐，不能接受任何打擊……

她站了起來，匆忙地去開門。

縹緲的煙霧

陳寅蘭伸了一個懶腰，接著便把兩隻胳膊彎在圓背籐椅後面。船身仍隨著槳聲搖晃，她把注視湖景的目光收回，突地瞥見坐在對面的何英中，正用貪婪的神情看著她。她想，她這時的姿態一定很動人，兩腿伸開，半躺在椅上，誘惑男人的曲線全部突出。如果只有他和她在一起，他定會撲在她身上，吻她，愛撫……但現在不會，船上有媽媽、弟弟、妹妹，還有金先生。他滿腦子猥褻的念頭，她不在乎。她是可以側著身子，夾緊兩腿，像個高貴的有教養的女孩子坐的樣子。可是，這樣舒服，她不想改變自己的姿勢。她不在乎他對她的觀感。媽媽、金先生他們對她的看法，她也不在乎。他們都是偽君子，她已看穿了他們。她不尊敬他們，也不尊敬媽媽。人人都是自私、自私……

媽媽說：「今天天氣眞好，不冷不熱。」

金先生說：「熱情的片子，不能不看。」

媽媽說：「我不想動。春天氣候很悶人。你是說電影？」

金先生說：「笑破了肚皮。當然是電影。很熱情的女主角，故事誰都想不到。」

媽媽說：「他爸爸眞叫人掃興。他不喜歡遊山玩水，也不喜歡划船。」

金先生說：「人多了沒意思，人少了味道不同——」

是的，沒意思，她不想聽他們談話。媽媽和金先生談不攏。但是他們要乾枯地談、談……。他們不給她機會，如果她和金先生一起划一條小船，情形也許會不同。但現在是沒有希望了。這是一面很密的網——用人結成的網，緊緊地纏著她，她只好看著他們聽他們談話。

弟弟說：「那個傢伙游泳了，穿紅褲子。」

妹妹說：「這個壞蛋眞壞，他欺侮小丁丁。」

弟弟說：「我能下去游泳就好了。妹妹，妳要下水嗎？」

妹妹說：「小丁丁哭了，眞可憐。你應該去救他。」

弟弟說：「妳沒有聽我的話。」

妹妹說：「你也沒有聽我的話，沒有保護小丁丁。小丁丁掉進魔窟了。」

弟弟說：「我才不要理妳哩。媽媽，媽媽，我要游泳。」

媽媽說：「不可以，水深，天太冷。誰游泳了呢？他爸爸的脾氣好怪啊！」

金先生說：「男人的脾氣都不好。昨天我看見一個人，在公共汽車站賣票窗口，打破玻璃窗，打了賣票小姐兩記耳光。」

媽媽說：「胡說八道。不是眞的吧。」

女賣票員，爲什麼要挨打？服務態度不好，輕視顧客，誰知道。他愛她，又恨她。打她，咬她的肉，會洩憤嗎？何英中對她微笑，作會心微笑狀。她不喜歡他，她和他沒有感情。不會有情話，也不會有祕密的事發生。是媽媽要他來的，如果她早知道他會來這兒遊湖，她就推說頭痛、功課忙，不會和他坐在這條船上。她恨媽媽，媽媽爲什麼一定要把他和她繫在一起。他是她的鄰居，身體很結實。他陪她游泳、打網球、看電影。他還送她一輛女用跑車。媽媽就認爲她喜歡他了嗎？可是，她一點都不喜歡他。她和他在一起，是因爲自己太寂寞，需要一個人陪著她。需要和異性朋友來往，聽男人粗糙的說話聲音。男人打女人，女售票員很痛苦吧？金先生在街上，紅燈出現，他站住，看一個漂亮的女孩。火車平交道柵欄放下時，一個高大的陌生男人，站在妳身旁說，喂！漂亮的小姐，我可以和妳講話嗎？女同學都罵男生「死相」，男生眞討厭。老師也喜歡女生的好成績、好品性……

妹妹說：「我的圖畫書看完了，你要看嗎？」

弟弟說：「那個女的又游水了。誰看圖畫書？那個男人抓著小船上的槳呢！」

妹妹說：「太陽眞大，晒死人，頭都晒昏了。」

媽媽說：「妳是個小傻瓜，把身上的毛衣脫下來。兒女的債眞還不清啊！」

金先生說：「多爲自己，少爲兒女吧。兒孫自有兒孫福。」

媽媽說：「他爸爸眞可憐，爲了兒女勞碌了一輩子，孩子們都不喜歡他。」

金先生說：「有妳喜歡也就夠了。」

媽媽沒有講話了。爲什麼不回答呢？我也不喜歡他爸爸。當然，這回答是多餘的。他們自己內心有數。船上有這麼多人，他們不能講內心的話。如果只有他們兩個人在一起，媽媽會對金先生怎樣說法呢？你這沒良心的人，還要吃我丈夫的醋？她想不出他們會說些什麼，這是一門很深奧的學問，比繁難的數學習題還難懂。媽媽快四十了，要比金先生大八九歲，可能還要大得多些。她一直以爲金先生對她很有意思，金先生讚美她，在言語和動作上都表現出非常喜歡她的樣子。她想有一天他會吻她，要求她嫁給他。但她萬萬想不到，她會親眼看見金先生和媽媽緊抱在一起。他熱烈地吻媽媽，媽媽的眼睛睜得大大的，冷視著半空……當時的感覺，她自己說不出，想到那情景，她就感到混亂——神經和感覺都錯亂。媽媽的事，親生女兒能管嗎？可是，爸爸怎麼辦呢？爸爸眞可憐。媽媽爲什麼要這樣做呢？坐在船上，和金先生談天。大家都瞪著眼看他們。他們把妳當傻瓜，認爲妳什麼都不知道。妳又知道什麼呢，知道了也不能說，那是妳的媽媽，還影響到爸爸的面子。痛苦！痛苦。

媽媽說：「想起來我眞要進尼姑庵。」

金先生說：「誰都一樣，看破紅塵就好了。看不破，沒有辦法。」

媽媽說：「柴米油鹽煩死人，那個要錢，這個生病，沒有兒女的人多享福！」

弟弟說：「那個傢伙不會划，撞上那隻大船了，眞好玩。」

妹妹說：「你的心不好。有什麼好玩的，人家有危險，你就高興了。」

弟弟說：「船撞翻了，才夠刺激。妳是小孩子，不懂，不懂。」

金先生說：「妳聽聽妳兒子講的話。他幾歲了？」

媽媽說：「十四歲。現在的小孩子都很野。看完電影回來，就動槍動棒的，眞不得了。他爸爸也不管。」

爲什麼又提到爸爸？爸爸不會知道這件事吧？知道了又怎麼辦？會吵架嗎？會離婚？在她知道的第二天晚上，她就要告訴爸爸了。爸爸一個人坐在客廳沙發上，捧一本厚厚的線裝書，戴著老花眼鏡，起勁地閱讀。她跳進客廳，就要大聲地喊爸爸，不要看了，趕快去捉姦。可是，看看爸爸那種悠然自得的輕鬆樣子，眞不願意使爸爸苦惱。她知道自己的感情。這時，她非常氣憤，非常激動。看到金先生和媽媽、妹妹一道出去了；她恨他們，她恨金先生。她坐在長沙發上看報，他走近她，仔細地打量她。自從她看到他和媽媽有親熱的鏡頭以後，她就非常討厭他了。他也坐下來，和她並排地坐下。她爲了表示厭惡，挪動了身體，使他們之間的距離，特別遠些。妳長大了，愈來愈漂亮了。唔，何必損我！妳這孩子歪心眼兒眞多，爲什麼是損妳，我說的是眞話。在他心目中，她是不是漂亮，她不知道。但長大了是不錯的。讀初一時，他開始爲她補習英文和數學。過了六年，她的確不再是孩子了。但他爲什麼仍把她當孩子看待。有時，他會拍拍她的頭說，孩子，妳不懂，用功念書吧，這些是大人的事。或是說，不要性急，長大了，妳就會明白。只有他們二人在一起時，她覺得他的神情和目光和平常大不相同，有一種興奮和緊張的樣子。往往會走到她身旁，拉起她的一隻手，問長問短。她想，他一定要擁抱她、吻她了。她眞想看看他怎樣從規規矩矩的態度，一下就變成熱烈、瘋狂，像電影中的男主角一樣，然後使她昏迷、暈倒……很多次她想拉著他的手，緊緊按捺在自己的胸脯上，用抖顫的聲音說，吻我吧，抱我，我愛你，喜歡你，你爲什麼老把我當孩子看待？我喜歡你的眼睛，瞇細的眼睛，高高的鼻子。你喜歡我嗎？誰會想到吻的、抱的不是她，而是媽媽。她眞恨他，恨媽媽。他可能不是個壞人，而是媽媽引誘他。男人一定喜歡年輕的女孩，不會愛像媽媽那樣年紀的女人。她很年輕，他爲什麼不喜歡她？他和她玩在一起，就不會理媽媽，那麼爸爸就——報紙翻來翻去，看不進。她該裝得愉快些。冷冰冰的，一臉假正經，就會把他的想法嚇回去。許多男人是怕碰釘子的。

這版是電影廣告，看起來就輕鬆多了。「應召女郎」，這片子好看嗎？不好看。我看過了，很不錯。妳怎麼能看？爲什麼不能看。小孩子看不懂，又會學壞。報紙翻過去。眞氣人，僞君子。他以爲他做的事，她不知道。她才不那樣笨哩！但是，她不服氣。報紙又翻過來。這片子不錯吧？不好。那麼，這部呢？他看看她，考慮一下，不像以前那樣輕易回答。他一定很了解她的心理了——實際上，她自己的想法，她根本就不知道。他側轉頭，再看她的眼睛、胸脯，顯出困惑的神情。怎麼樣？你請我看嗎？我才沒有時間請妳看哩！他說這樣的話，眞使她失望。但她立刻覺得自己講話太冒失了。是的，我請你看。只要他和她走在一起，一切問題都會解決。現在很輕易的失去這機會，她氣惱自己，但那有什麼辦法。突地站了起來，扔開報紙。然後，她眼睁著看著他陪媽媽、妹妹出去了。他們是大人，容易找到藉口，爸爸也會相信他們。爸爸坐著看線裝書，妳又怎能向爸爸開口呢。

何英中說：「眞可惜，沒有帶游泳褲來。」

金先生說：「天太冷了。」

弟弟說：「不冷，不冷，夠刺激。」

媽媽說：「大人講話，小孩子不要插嘴。」

妹妹說：「姐姐，妳喜歡游泳嗎？」

寅蘭說：「小丫頭，別管閒事。」

弟弟說：「『鬍子』刮得好。妳是小孩，誰要妳講話？妳還是看妳的故事書吧！」

何英中說：「她今天很不開心，在家裡鬥氣了吧？」

金先生說：「不開心，為什麼？說啊！」

媽媽說：「別管她。神經病，忽冷忽熱。一會兒笑，一會兒哭的。誰都不管她，他爸爸也不管她。」

金先生說：「噢——她已長大了，恐怕有煩惱了。」

何英中和金先生又作會心微笑狀。他們很得意自己的看法正確哩。他們兩個都是蠢傢伙。何英中看不出她不喜歡他。而金先生也察覺不到她在愛他。不，她現在不是愛她，而是恨他。現時她真希望忽地起一陣大風，把船吹翻。他把媽媽、妹妹救起，讓他一個人淹死湖中。最好不要淹死，由她救起，再用人工呼吸把他救活。那麼，他就要感謝她。好好地請她，看待她。在一個僻靜的角落，輕聲地說，妳眞長大了……不行。她和媽媽在一起，誰知道他們……他講的話，所有的動作，她都覺噁心？媽媽，妳為什麼插進來呢？她恨媽媽。她看完了《查泰萊夫人的情人》，很同情也很喜歡查泰萊夫人，覺得她是一個勇敢的女人。現在媽媽也很勇敢，勇敢得使妳恨她，那是由於妳喜歡金先生的關係？如果媽媽愛上另一個人，妳會同情媽媽嗎？妳還時時刻刻想把事實眞相告訴爸爸？

她大聲說：「我不知道。」

大家都轟笑起來。

爸爸眞可憐，結婚二十年，還不知道媽媽的心，爸爸老了，媽媽更老了。面上的皺紋，灰白的頭髮，又鬆又軟的皮膚，是一個慈祥的母親。金先生爲什麼愛這樣的人，她不知道。弟弟妹妹知道嗎？他們很天眞、純潔，不會注意這些骯髒的事。爸爸老了，心枯了、死了，永遠想不到人世之間還會有情愛；可能爸爸就是一個查泰萊，所以媽媽才會引誘——不該這樣侮辱媽媽，妳能把男人估計得多高呢？報紙上說的六十歲的老翁，會誘姦一個九歲的女孩。男人的血裡，充滿了獸性、獸性。她不該想這些想得太多。純白的蘭花，悠悠流水。吊橋上的人把橋壓成弧形。何英中眞一點都不可愛嗎？媽媽穿旗袍時筆直的身材。喂，妳看，甲班的胡玉琴，是個標準的肉彈。能夠躺在船上就好了。金先生划船，或是何先生划船都無所謂。她不在乎。會說話的鸚鵡被扼死了，那是怕牠學嘴學舌，會被丈夫知道。多可怕啊！坐汽車兜風，會被撞死。可是，她不想死。她需要一個愛人，誠心誠意愛她的男人。但不是何先生，也不是金先生。是誰呢？她不知道。她大聲說：「我不知道。」

大家又轟笑起來。

弟弟說：「姊姊！妳今天變成一個大傻瓜。」

她說：「你胡說，我搥你。」

妹妹說：「妳打他，我幫妳。」

弟弟說：「妳知道他們說什麼嗎？」

她說：「我不知道。」

大家又笑了，金先生還在鼓掌。

何英中說：「湖裡的水，給太陽一照，碧綠，好美啊！」

她說：「你還懂得美？」

金先生說：「講話客氣點啊，這樣很不禮貌。」

媽媽說：「你們不要理她，她這一會兒不正常，過一會兒就好了。」

金先生說：「我們應該請她唱歌，她歌唱得很好。」

何先生說：「我舉雙手贊成。」

她說：「我爲什麼要唱給你們聽？」

媽媽說：「這孩子愈來愈不懂事，眞要告訴她爸爸，教訓教訓她。妹妹，妳唱一首歌吧。」

妹妹說：「不要，不要。我要划小船。」

弟弟說：「那會淹死妳。」

妹妹說：「我不怕，不怕。我和金叔叔一道划。金叔叔和我划船嗎？」

金先生說：「我不會划。」

妹妹說：「何叔叔和我划吧。」

何先生說：「我也不會划。」

弟弟說：「妹妹，我和妳划，好吧。」

妹妹說：「不要。你不會划。船會翻掉。你們都是壞人，我不喜歡你們。」

媽媽說：「唔——不要胡鬧，不許划小船。」

姊姊說：「妹妹，不哭，不哭，我和妳划。」

大家都很驚異地看著她。她不在乎。她要反抗媽媽的命令。媽媽已失去被尊敬的威嚴。船上所有的人，她都不尊敬他們。金先生還裝成正人君子，以為別人都不知道他的想法、做法。金先生會對媽媽說，妳年紀大了，而且還有丈夫、孩子。可是，我什麼都沒有。妳不把寅蘭嫁給我嗎？和她結了婚以後，我們還可以在一起。媽媽說，不行，不行。你的心太狠、太黑，還要想我的大女兒？不行。那麼，妳願意放棄自己的幸福嗎？不能，不能。我把女兒嫁給你，你還愛我嗎？愛，愛，一百個愛。電影裡很多，一個男人，同時愛上兩個女人。可不是母女兩個。她恨他，嫉妒他，厭惡他；她再不會愛他，和他結婚。她要和他划船，把他淹死在湖中。然後她要看母親嚎啕地哭，傷心地哭。爸爸，你該感謝我吧！

她說：「金先生，和我划船，好嗎？」

金先生說：「不好，我不會划，也不會游泳。」

她說：「不會淹死你的。」

媽媽說：「你眞是個膽小鬼，男人還不如一個女人，去吧！」

金先生說：「好，好，遵命。妳要我死，我就死在這水裡吧！」

船向岸旁划去。因爲上岸以後，才能租到小船。這時她很後悔這樣提議了。她聽不慣媽媽和金先生說話時的腔調，更不能容忍金先生和她單獨坐在一條小船上的滋味。她不能讓他在媽媽眼中，像個英雄似地死去。她不要淹死他。她恨他，因爲他不愛她。誰知道他愛不愛她呢？她要他愛她，然後她再唾棄他，對他大聲地喊：滾吧！你這個臭男人。可是，怎樣才能如願？怎樣控制他呢？

她說：「何先生，和我划吧，我不高興和他划了。」

何英中說：「好，好，一定，奉陪。」

媽媽說：「這孩子忽東忽西，忽冷忽熱。多怪啊！」

七點和八點之間

音樂爲什麼沒有了？是另換唱片，還是女店員關掉唱機？孟季英希望一張熱門音樂的唱片，提琴、小喇叭、叮叮咚咚的洋鼓……橫七豎八的亂奏。

現在是七點零五分，她不希望有靜止的時間。她的腦子，她的思緒都無法安靜下來。她雙手捏著擱在膝上的灰色皮包，斜倚在長沙發上，小徐挨坐在她身旁，她可以聽到他的鼻息，他的心跳。整個咖啡室很安靜。

淺藍百葉窗，緋紅色燈光，自動旋轉的菱形光圈：金黃的、翠綠的、猩紅的色彩在浮雕的天花板上閃爍、跳躍。

小徐說：「這兒的氣氛眞不錯。」

「還好。」她漫應著。

小徐說：「吳蜜麗眞的要來嗎？」

「等一下，不要性急。」她說：「她一定會來的。」

可是，吳蜜麗來這兒不是看他啊！他看到小徐那種焦急的樣子，覺得又好氣，又好笑。吳蜜麗已經愛上了別人，他還被蒙在鼓裡，以爲吳蜜麗只是和他鬧彆扭。一會兒，吳蜜麗就會挽著科長進來，坐在科長的身旁談天、說笑、調情……她、小徐、吳蜜麗都是他科裡的職員，四個人碰在一起，科長還會那樣瀟灑自如，滿不在乎？

當然科長想不到她會和小徐在這兒，如果知道他們在這家咖啡館，他絕對不會進來。他曾經對她說過，我愛妳，我要和妳結婚，妳放心吧！我會負一切責任……那就是所謂的男人，男人都不是好東西，他說的話還在她耳裡響著，馬上便會伴著一個年輕的女人走在妳面前，妳敢拿他怎樣？

「呱呱……蓬拆……蓬……嘩啦啦……」音樂聲猛地咆哮起來，眞是一支又熱又怪的曲子。人聲談話聲都捲進音樂，隱約地聽到有人用手掌打拍子。

她恨他，輕視他。但她也恨自己，輕視自己。她不該信任男人的——任何男人都不值得信任。她已二十八歲，這年齡對女人來說，不算大也不算小。丈夫死去已三年多，她本可以單獨地生活下去，爲什麼要聽他的花言巧語？他眞是一個壞男人，利用她的弱點向她進攻。他是她丈夫的同學，她失去丈夫後，感到孤苦和寂寞，他朝夕陪伴她，安慰她，三年來從不顯露他的感情，她也像對待兄弟一樣的待他，誰會想到他竟露出猙獰的面目？以後她就不會相信任何男人了。

小徐問：「她來了，我該怎樣對她說？向她道歉，請她原諒？」

「你曾經得罪了她？」

「沒，沒有，我不知道。」小徐思索著說：「只有一次看電影時，我拉了她的手，她連忙縮了回去。除此以外，我再想不起自己有什麼言語或舉動冒犯了她。女孩子眞是這樣難伺候嗎？」

不，他沒有得罪吳蜜麗。但她怎樣告訴他呢？吳蜜麗是被別人搶走了。他純潔、天眞，才二十三歲，把愛情看得比生命都重要。吳蜜麗是應該和他相愛的。她也很純潔、很年輕，和愛情騙子的科長在一起，她會更吃虧。但妳已無法阻止她。她不會相信妳的話，因爲妳和她有利害衝突。如果她像剛進這機關一樣，什麼都要請教妳，妳的意見她會接受——

誰知道當初她是眞的尊敬妳，還是虛情假意？她第一天上班，她的座位在妳身旁。她對這機關的人和事都不熟悉，一切要問妳，穿的衣服，梳的髮式，看什麼電影，吃什麼館子，都要徵求妳的意見。

或許不是她的錯，錯的是男人追求她；但她有權拒絕啊！如果她想到你失去了心愛的人是如何的難過，如何的傷心，就不該有今天的事發生……

小徐說：「今天見面以後，我就再不能失去她了。我要和她訂婚、結婚。妳看：她會嫁給我嗎？」

「也許。」她說。

「『也許』是什麼意思？」小徐轉過頭來望著她。「妳們兩個天天在一起，無話不談，妳一定知道她對我的印象，她沒有告訴過妳，妳也沒有問過她？」

她搖搖頭。伸長頸子從透明的管子裡吸一口檸檬汁，酸酸的、甜甜的味道沁入肺脾。她想，小徐太不了解女人了，他只和吳蜜麗有短時間的交往，就想她嫁給他；誰知道吳蜜麗心裡想些什麼啊！如果她想到吳會在科長面前耍手段，她就處處防她，不至於到如此地步——她眞感謝今天穿的這套新衣裳，不然她會和小徐一樣蒙在鼓裡，以爲科長眞的愛她，眞的要娶她；她要爲他建立一個美滿的家庭，生許多子女，扶養他們成人長大，出人頭地……這迷夢現在醒了。

她突地低頭看一眼自己的服裝，剪裁、式樣，她都感滿意。圓領無袖的淺藍T恤衫，鐵灰色條子的緊身窄裙，把她身體圓潤的曲線全部表現出來。走進辦公室，她就察覺到年輕男人的目光看她時和平常不同，她的自信心增高了不少。在男人心目中，她還年輕哩！當然，她還得讓科長鑑賞一番，他看到她這副神氣的樣子，一定會大大地讚美。

她從辦公桌旁站起，輕盈地打了一個迴旋；她覺得自己的姿態美妙。人在高興時，往往有這種得意的感覺——她正走向科長室。

走了三步，她便站住，她突然對自己的舉動感到驚訝。怎能這樣冒失；無緣無故跑進科長辦公室，要他欣賞自己的新裝？他不會輕視她？暗地罵她輕佻、瘋狂？儘管吳蜜麗坐在裡面，但清早起大家都很忙，她怎能找人家談天？怎麼辦——到前面走廊自來水龍頭旁洗洗手？那兒靠近窗口，科長抬起頭來就可看到她。假使他低頭辦公，不向外眺；她一切心機都是白費。

她折轉身軀回到自己座位旁，拉開抽屜，從藍色卷宗內抽出一件公文捏在左手。現在裝成處理公事的樣子，誰也不會懷疑她的動機；她自己也沒有彆扭的感覺。

新鮮的陽光在眼前蕩漾，寬敞幽靜的走廊像一條長巷，她彷彿看見蝴蝶在半空飛舞，一雙燕子在屋簷下呢喃，大自然是如此的美妙。

「誰漂亮？我——」她聽出那是吳蜜麗的甜嗓子。「我哪裡有小寡婦漂亮？」

她突地愣住，腳步停頓下來。她在他面前講話，爲什麼要提起她？她簡直不相信自己的耳朵。和她情誼最深的吳蜜麗，會在科長面前用這種腔調講話？那不是一種挑逗的撒嬌？而且她提到「小寡婦」三個字，不是含有一種輕視、嘲諷的意味？她倒要聽聽他們究竟談些什麼。

「噢——妳快不要這樣說。」科長的口氣好像很認眞。「她怎能和妳相比？妳是盛開的海棠，她已是凋謝的薔薇了。」

「可是——」吳蜜麗受到恭維，彷彿又得意又興奮，找不到她要說的字眼。

她不能呆站在半空偷聽別人講話啊，於是退後一步，站在洗手檯前，放下公文，打開自來水龍頭。

吳蜜麗接著說：「可是你那麼喜歡她；白天、夜晚都和她在一起，不是因為寡婦漂亮，有錢？」

這算什麼話，那不是酸溜溜的味道？別人白天夜晚在一起，與妳何干。

「快別提她了。」科長止住她的話。「她是我同學的太太，不得不照顧照顧、敷衍敷衍；誰喜歡她？今兒晚上，我們到『紫羅蘭』再談……」

嘩啦啦的水聲，小汽車在公路上叫嘯著急駛而過；電話鈴響了，談話聲、嘻笑聲、打碎玻璃盃的清脆聲……塞滿她的耳朵、腦袋。走廊陰森森的，屋頂傾斜了，簷角插入另一棟房子的屋脊，大地震顫。她緊緊扶住洗手檯，頭暈，胸中梗逆要嘔吐，完了，一切都完了，這就是所謂男人。他講的話好甜啊；在她背後在另一個女人面前，竟是這樣講法，妳還能不相信這鐵的事實。

一切都是實在的，藍面沙發、草綠色檯燈、衣櫥、雙人床、白色圓頂蚊帳，一隻大手伸過來，又是一隻大手。閃亮的波紋在草黃的天花板下跳動，那是一張貪婪的激動的面孔；一雙充滿焦急、渴望的眼睛。是的，我愛妳，我們要結婚，不必多想，妳的一切交給我，我的一切交給妳，妳放心吧！我會補償妳生命中的一切……

她完全放心了。

音樂又沒有了。咖啡室中又是一片寧靜。快點吧，快換上一張熱門音樂的唱片吧。一支接一支的演奏下去。歌劇、交響樂、男高音獨唱，聲音愈響愈好，即或是亂唱也行，她的頭腦，她的心情，無法靜下來。

小徐問：「她曉得我在這兒？」

「不曉得！」

「那麼她見到我以後，會不會立刻掉頭就走？」

「不會。」以後的事誰都不知道會怎樣發展；但她現在不想說破。他們八點鐘來，這時已經是七點二十五分，她必須安排一切。她問：「你眞的喜歡她嗎？」

「當然啊，當然喜歡。」小徐性急地說，她到現在還懷疑他對吳蜜麗的感情，他像受到侮辱，「不是喜歡，我是眞正的愛她，妳一定知道愛情吧？」

她微微點頭，表示默許。「你怎樣愛她？」

「妳問我，我眞說不出。」他皺起眉頭顛簸著腦袋，像是極力搜索美妙的語句。

「不過我可以告訴妳一點點：不管她有沒有在我身旁，我的心中、眼中、腦中，時時會有她的影子出現。我吃飯想著她，睡覺也想著她；做事、說話都好像看到她在我的眼前走動。現時我和妳在說話，但我的眼睛彷彿看到她在門口微笑地裊裊向前走，白底大藍花的裙子像一片波浪似地，有節奏地旋舞，那是多美的姿態和風度。她是我全部的生命，也就是我整個的世界。妳看：我這樣愛法夠了吧？」

她看到他神情亢奮，說話時雙手舞動，像要補足他言語無法表現的愛情，她也被他的眞摯感動。小徐年輕、純潔；不會說假話，尤其在她的面前不會說欺騙別個女孩子的話。

「假使她不愛你呢？」她說。

「那我要去求她，請她原諒我的錯誤。」他說：「所以我要請妳勸勸她，妳是她的好友，她是妳的妹妹，她會聽妳的話，妳願意幫我忙吧？」

她點頭，但內心苦笑。她眞能幫他？如果她能說服吳蜜麗愛小徐，也就是替自己幫忙，她還不願意？這苦衷，小徐怎能明白。

「假使她愛上別人，或是被別人搶走怎麼辦？」

「那是誰？誰搶她？她愛上誰？」小徐緊張起來，一聲接著一聲問。

這是一個好機會，她要把科長和她同來的事告訴他嗎？低頭看錶，七點三十五分。

時間剩下不多了。現在放的是一支軟綿綿的英語流行歌曲：「千言萬語說不盡」。她不喜歡聽這支歌，換一張唱片不好嗎？已經沒有人愛她；她所愛的人死的死，變心的變心。她眞妬忌小徐有這樣崇高的愛情，也妬忌吳蜜麗有這樣眞心誠意愛她的男人。她現在不愛任何男人，也不希望任何男人愛她，因爲她無法拋棄那狼藉的殘酷的回憶。她恨男人，討厭所有的男人，包括小徐在內。小徐爲什麼在她面前，赤裸裸地表示對吳蜜麗的感情。她也是個女人，是個豐滿、曲線突出的年輕女人。她和小徐同事已二年多，而吳蜜麗只來了四個月，爲什麼不愛她，一定要愛上吳蜜麗。難道就因爲她是個寡婦？比他大一歲？做寡婦，不是她的錯，那是她丈夫得了肝癌。她曾經服侍她、慰藉他，想盡辦法醫治他；但她仍然是個寡婦。結婚二年，守了三年多的寡，她算對得起死去的丈夫了，爲什麼人們卻不饒過她，在她背後一直說她是「寡婦」、「寡婦」，她什麼地方得罪了他們。

她說：「好像有個男人追她，她變心了——」

「那是誰？那是誰！我要殺死他！」

音樂突地停了，小徐的嚷聲很大，使鄰座一對年輕情侶大吃一驚，同時抬起頭看著他們，見他們仍安靜地坐著，沒有發生什麼事，於是又低下頭去談心。他們是什麼關係呢？眞是一對互相敬愛的情侶？別人看著她和小徐在一起，也以爲是一對情侶呢，可是誰都不知道她腦海裡正策畫著一件陰謀。現在小徐輕易地便表示出他的憤怒和念頭。這是她預定的計畫，也是陪小徐來這兒的目的。她恨他們，希望他們毀滅，同歸於盡……

她的身體斜倚在沙發上，頭枕著椅背，眼睛注視那暗黃的、霉綠的、赭紅的菱形光體在半空飄浮閃爍。已換上一支狂熱的舞曲，所有的樂器都混成一團，節拍快得使人聽了感到換不過氣來。這家管理唱機的女店員，情緒也像她一樣的忽冷忽熱？是失戀？還是挨了老闆的罵，明天就要失業？人生充滿了失意的事，並不是只有她一個人嘗著痛苦的滋味，她雖同情所有遭受痛苦的人，但她能有多少力量幫助他們？

現在小徐要殺死科長，妳感到得意嗎？高興嗎？未必，這和她原來的計畫不同。她是希望小徐聽到吳蜜麗變心之後，會對吳蜜麗採取報復手段，只要小徐有這個意思，她立刻可以供給他武器——她皮包裡已藏有一種強烈的毀容藥水，她斜著眼睛，睥睨那擱在大腿上的灰色皮包一眼。小徐很年輕、很衝動，不會想到她的陰謀，等到他發現她是故意做成的圈套，那已經遲了。吳蜜麗的眼睛瞎了，嘴巴歪了，面孔、身體上的疤痕累累，又醜又怪，小徐關在監牢，科長又會回到妳面前，咬著妳耳朵說：妳放心吧！我們要結婚，手牽著手走上禮堂，我是真的愛妳，妳可以看我的心……

然而，小徐不要這樣做；他要殺死那個男人，那個對她很「壞」的科長。科長死了，吳蜜麗回到小徐的懷抱——世界上的事複雜得多，小徐殺人償命，吳蜜麗會找到一個比科長更「帥」的男人。而妳仍是孤零零的，妳能獲得什麼？難道就是一時的報復性的快意。

是的，她任性，她喜歡獲得一時的快意。年幼時，和兄弟姐妹在一起玩，如果有哥哥姐姐或是弟弟妹妹，拿了她心愛的玩具或食品，她會搶過自己的東西摔在地上，用雙腳踐踏。爸爸曾經說：季英的個性太壞了，對心愛的東西，不是占有，就是破壞，一個人缺少柔韌寬容的修養，做任何事都會失敗的。

換上一支幽揚的華爾滋舞曲，蓬蓬的鼓聲有節奏地敲擊她的心房，現在是七點五十五分，菱形的光體和緩地在白色的浮雕上晃蕩。他們快要來了吧？他們見她和小徐在一起，一定感到很驚訝，她也要表示對他們的驚訝。小徐見到他的上司和吳蜜麗在一起，會恍然大悟：原來小寡婦的男人被吳蜜麗搶走了，所以才慫恿我下毒手，我才不做傻瓜，做這種損人不利己的笨事哩！天下女人多的是，何必一定要爭這愛慕虛榮的吳蜜麗？何況還不知道她愛不愛我，偏要上小寡婦的當。寡婦的心都是又狠又辣的呀！

小徐怔怔地看著她，誰知道他想什麼？他也發現她的誘惑力，覺得她比吳蜜麗成熟，懂得愛情？她突然憶起今天上午辦公室裡的男人目光，她還很年輕，很有前途，不必為了獲得一種報復性的快意，破壞、踐踏——吳蜜麗該不會愛比她大得多的科長，科長仍會回到她耳畔說……妳放心好了……任何人都該用正當方法去獲得或是保護心愛的東西。

她仍可以用青春、美貌去贏取愛情，爲什麼要自暴自棄。

她站起來說：「我們走吧，吳蜜麗不會來了。」

小徐懊喪地跟著站起說：「妳們沒有說好？她對妳也不守信用？」

「是的，她很不忠實，很不守信用。」她抓起皮包挾在左臂彎中，順便看一看手錶，已經是七點五十八分，不能再耽擱了。她苦笑著說：「她不是個很完善的女孩，你不值得去爲她動刀動槍——」

「可是，我是眞心愛她。」

她匆促地向門口走去，小徐跟在她身後。到了門口，小徐向前一步，搶在她前面推開玻璃門，她挨著他伸長的右臂走出門去，她想：小徐很年輕、很活潑、很懂得禮貌，是個有爲的青年。

「如果你眞的愛她，」她走出門口時掉轉頭告訴他：「就更應該讓她有選擇愛情的自由，她不能和所有愛她的人結婚。」敞開的門縫裡又傳出一陣狂熱的音樂。

她沒有看錶，知道已經是八點，因她看到左邊街道上科長和吳蜜麗冉冉地走來。鼻頭一陣酸楚，眼眶的熱淚快要溢出。她連忙側轉身，右手伸進小徐的臂彎內，低聲說：「我們向右邊走吧！」

失侶孤燕

一陣颸風捲起綿密的雨點，敲擊著他的頭、肩、雙翅……他的身體，便從半空向下飄墜。

他打了一個冷顫，立刻振作精神，展開雙翼，斜著衝破雨網，再爬向高空。他知道這是緊要關頭，如他敵不住這惡劣氣候，就永遠失去自由翱翔的機會了。

強勁的風，濃重的雨點，逼得他透不過氣睜不開眼來。他覺得自己身體在威力強大的天空，輕得像一片枯葉，隨時會破裂或是被吹得無影無蹤。現在需要的是勇氣和忍耐，但他認為已失去控制自己的力量了。如果萍萍還在身旁，和他並肩向前衝，他就不在乎這點兒風雨了。她會給他力量、給他信心——他們互相鼓勵，互相安慰，便會衝破一切困難。然而，他已失去了她，怎能和這暴風雨搏鬥呢。

風雨更猛烈了，雙翼像有千斤重，他又慢慢往下墜落——忽然之間，彷彿聽到萍萍雙翅拍動的聲音，一個灰黑的影子伴隨他，他又縱起身來——啊！不。那是以往的事。他們並肩前進，有時飛得很高，鑽進五彩雲中，然後再慢慢下降，下降，下降……有時飛得很低，盤旋在人們的頭上。前天，他還和萍萍追逐馬路上行駛的汽車。他們在陽光下跳躍、呢喃，心中塞滿了快樂和幸福的感覺。

那時他正向下俯衝，忽見路上一群孩子嘻笑地看著他們。他離開他們還有一段距離，聽不到他們說些什麼；從他們的神色，猜出他們不懷好意。他慌了，急忙向上竄升，同時通知萍萍。太遲了，一個穿著中學生制服的孩子，挽起彈弓，向他們射來，立刻聽出「嗡」的一聲，他的心向下一沉，但他沒有被擊中，卻見萍萍的身體哆嗦了一下，夾著翅膀歪歪斜斜地在半空搖晃。怎麼辦？去救她嗎？不單是沒有力量，他還有被射殺的危險。難道任她落下，由人們去宰殺？

他還沒有打定主意。萍萍已拖著翅膀，筆直向地面墜落。孩子們發出嘻笑聲，爭著向前劫取，眼看著萍萍被一個學生抓在手中，一群孩子都簇擁在她身旁。萍萍垂下頭，縮著翅膀，任他們撫弄。她害怕嗎？她想念我嗎？她希望我去救她嗎？人們究竟要怎樣待她呢？打她？玩弄她？囚禁她還是殺害她？

他不敢向下想。只是感到無限的憤怒和焦急。一忽兒縱向天空，一忽兒又在那些暴徒的頭頂盤旋——他該去劫奪她？還是奮不顧身地衝上去，和她同歸於盡？他要控訴！

他要反抗！反抗人類無緣無故的壓迫和虐待！但那有什麼用？人們會理你嗎？你這樣衝撞下去，會損傷他們一絲一毫嗎？除了眼看著萍萍由人們宰割外，你還有什麼辦法好想呢？

一輛黃色的公共汽車駛來，停在路旁。那群孩子吵吵嚷嚷擁上車，顯出無比的得意和興奮。接著車開了，他為了照顧萍萍，便緊隨在車後飛行。車子見站就停，人們不斷的上上下下，直到最後一站，捉萍萍的那個學生下車了。但他的兩隻手空空的，萍萍不在他手中。車上的人也下光了，萍萍落在誰的手中了呢？

掉轉身軀，他在這條馬路上巡迴探索。昏昏沉沉的飛著、飛著，已經兩天了。他希望在人們放開萍萍，或是萍萍從人們手中脫逃時，立刻會找到他。他不想吃，也不想休息，只想著萍萍在人類手中怎樣生活。他實在精疲力竭，不知道自己能在空中再撐多少時候。一陣風或是一陣雨，便會把他摔落在地面。現時他只靠會晤萍萍的一線希望，來支持自己的行動了。

嘩嘩的雨聲和呼呼的風聲，融匯在一起，耳朵幾乎被震聾了。耳聾就聽不到萍萍呢喃的呼喚聲了。只要萍萍在他身畔，聽不到又有什麼關係呢。以前，他片刻都離不開萍萍，萍萍也不能一會兒工夫見不到他。現在，竟有兩天不能聚在一起了。萍萍也像他一樣，不想吃，不想睡的思念他嗎？人們或許會優待她，給她建一個安樂窩，捉活鮮鮮的蟲兒給她吃。她受了物質享受的誘惑，可能已忘記他；更想不到他在這狂風暴雨中受苦。

不。他想，萍萍不會，她是那樣的愛他，而他又是那樣的關懷她、照顧她，她怎會變心呢。她的生活離開人類那樣遠，不會學上人類的壞習慣。自私、妬忌、殘暴、追求虛榮……那都是高等動物——人類的傑作。萍萍會飛、會唱、會柔順地躺在他懷中，尖而長的喙插在他的羽毛內。他們曾度過長時間神仙似的幸福生活，她不會變心的。現在就怕人類殺害她，她是那樣柔弱，怎能抵抗那些迫害她的暴力呢。

人類爲什麼要殺害她呢？她是那樣的善良，從不損傷人類的一草一木——這理由並不正確，她正是無緣無故被人類擊落的啊！人類眞喜歡殺害無辜嗎？那麼，萍萍現時可能已遭受到殺害，他將永遠見不到她。

忽然，他眼前一陣昏黑。那是大雨傾注在他頭上。他無力支持身體平衡，雙翼軟弱下垂，沉重的心情拖著他向地面降落、降落……

風聲、雨聲，路旁高大椰子樹的搖晃聲，都無法阻止他的行動。刹那間，他感到焦急、恐懼。急忙鼓動雙翅掙扎，但遲了，太遲了，他已跌落在水流潺潺的馬路上。

路上的積水淹沒了他，只露出頭和眼，容他在水面浮動、飄流。此刻，雨珠滴在像河流的路上，「劈劈拍拍」的聲浪更壯烈了，風啊，雨啊，催動路面的水急速流滾。水仍繼續漲高，只要片刻工夫，他就會沉落水底或是被沖入溝渠。他還有力量掙扎嗎？他還能見到萍萍嗎？

好吧！死亡已向你招手，你掙扎會有用嗎？人類和大自然都是這樣殘酷、無情，你還希望什麼——什麼？有一個人站在路旁瞧著你，他又要打你的壞主意了。人類專愛打擊沒有抵抗能力的人！現在你不能走，不能飛，等著他來捉你、殺害你吧！

那人撐一把黑雨傘，傘破了，雨水順著他的頭、他的肩往下流，他雙腳也陷沒在水裡。他是全身溼透了。爲什麼他要看著你呢？

他慢慢移動腳步，離你更近了。他像怕你逃避似的不敢走近你。但你已不想逃避，他是不會知道的。

那人又站住了。爲什麼不再向前走？是爲了這兒的水更深嗎？

來吧！吱吱喳喳……吱喳……來吧——你現在沒有力量逃避危險，除了任人擒拿，任人宰割外，還有什麼辦法。他已彎腰，做出捉你的姿勢了。捉吧！捉去和萍萍埋在一塊兒吧！那人的臉上爲什麼要顯出憐憫和焦急的神色？誰管他！人類的心靈是最難捉摸的呀！

對啊！你還有一點最後的力量，振作起來吧。展開雙翼，猛然一縱，正好投進他的懷抱。他會感到驚奇，感到高興嗎？這太出乎他的意料之外，不用他費神，自動飛入懷中。他定以爲有神相助，怎會想到你痛苦的心境呢。

他用手輕握著你，你的身軀，微貼著他的腹部。他身上的衣服雖然溼了，但比你浸在狂風暴雨的水中要舒適得多。風聲、雨聲似乎都聽不見了，一陣風斜刺地襲來，突然打一個冷顫。現在，你一切都不用管了，享受屠殺前的片刻寧靜，安安穩穩地去死吧。

一輛公共汽車，從水路上搖搖晃晃游來。這車子的模樣、顏色，都和擊落萍萍的人所乘的車子一樣。現在車停在站旁，那人從容地爬上車。車上的人不多，因爲門窗都閉緊了，所以空氣很壞，他噁心得要嘔吐。最後還是忍住了。人類都能忍受，你又算得了什麼東西呢。

車子裡有七個人（其中有一個女人），他們誰都不看誰，更談不到互相照顧。他和他們是同類，還如此的冷酷無情，難怪要戕害在天空飛的弱小動物了。

你是不該想得這麼多的。在這公共汽車裡，你必須找到捉萍萍的那個人。這是你們最後的見面機會，你不能輕易放棄。看：每個人的臉孔都差不多，怎樣才能分辨出兇手的面目呢。而且，那天你離開他是那麼遠，也無法認清他的一切——好！現在車上的人，都轉過頭來注視著你。他們全感到奇怪哩：一隻燕子會和一個人生活在一起。誰知道是他擄掠你，而你又願意做他的囚犯。你不想告訴他們，他們也未必懂得你那許多委屈；你還是閉起雙目，一切等待命運安排吧！

嘻笑聲驚醒了他。張開眼，所見的便完全不同了。他已進入了一個家庭。這家庭有大人、有小孩，歡天喜地的談著、笑著。像是很歡迎他到來的樣子。

屋裡有柔和的燈光。門窗緊閉，風聲雨絲都鑽不進來，這是多麼平安和恬靜的地方啊！

現在全家人都圍著他，評論他，問是怎樣捉到他的。那人急急地告訴他們，並忙著擎起他靠近閃亮的檯燈。對了，他全身的羽毛溼透，寒氣直浸入內心，正需要溫暖。

一個中年女人，氣沖沖地從男人手中抓起了他。他想：完了，她要把你摔死在水泥地上了。可是，她沒有這樣做。她說：「你為了這個小東西，不顧自己身體。快去換衣服，讓我來替他烘吧。」

那男人笑嘻嘻地走進房了。一個大的男孩說：「媽媽，他會死嗎？」媽媽說：「不會。」一個女孩問：「他要穿衣服嗎？媽，我幫他做件衣服。」媽媽答：「不要。他有天生的衣服，烘乾了，就暖和了。你們去給他拿點吃的喝的來吧。」

四個小孩一窩蜂地跑了。他們一會兒便拿來米、飯、餅乾、糖果……小女孩手中捧著一個小酒杯，杯中裝滿了水。本來他不想吃，也不想喝。但餓火燃燒著他，看見眼前的食物，實在無法忍受，便低下頭來喝水，然後又開始吃米。孩子們都睜大眼睛圍住他，他們輪流用手輕撫著他，以表示他們的喜悅和興奮。

那男人換好衣服出來了。一個男孩搶著問：「爸，我們要做一個木籠子給他住嗎？」爸爸說：「不要。」另一個男孩說：「那麼，馬上他就飛掉了。」爸爸說：「我們爲什麼要留他。他家中還有像你們一樣大的男孩、女孩，等著他回家吃晚飯哩！」

孩子們臉上的快樂神情消失了。他不知道他們是不是爲了將要失去他而難過。現在他們同情他，他自己也感到難過了。原來那個人捉他並不是爲了殺他，而是救他脫離苦難。此刻他已自由了，他站在燈旁望著他們。風停了，雨也歇了。難道他就可以離開他們。想著，想著，雙翅一振，就繞梁飛了一圈。孩子們驚叫起來，高興地拍著手。現在他似乎已懂得人類的思想和行爲，眞不想離開他們了。兩翅一縮，他又飛在帶他回來那人的手掌上。

那人輕撫著他的羽毛，彷彿在鼓勵他飛翔。接著他便走到門旁打開了大門，像是送他出去。他又振翅翱翔了，但仍繞著屋子飛了兩圈，才依依不捨地飛向漆黑的高空，尋找失散的伴侶。他更不明白擊落萍萍的人和放他走的人有什麼不同了！

永生的葬禮

像煙又像霧的水，混濁濁的彌漫了田地、村莊。我們一家人從方桌加書櫥，再加椅子的高度上，又爬上了屋頂。黃豆大的雨點，隨著勁烈的風灑潑在我們的頭上、臉上、身上。我們都冷得發抖，不！怕得發抖。怕那翻滾的波浪，迅速的趕上了我們，吞噬了我們。看：水從屋簷下慢慢爬高，一寸、一寸地，一尺、一尺地爬到了屋脊，我們將會像左鄰方家的人們一樣，一個個在激流中迴旋、飄蕩、下沉。濃密的雨線，結成厚厚的網籠罩著我們，悶塞住我們，使我們透不過氣來。我們全家——包括妻，十歲的大寶，八歲的小順和一歲半的小鶯，再加上回家度暑假的鵬飛姪——緊緊地圍在一起。在屋頂崩潰時，我們全家也會走上死亡之途。

誰也不會相信，但事實的確是這樣：有一個小小的黑點，在灰茫茫的濃霧中，慢慢的擴大、擴大，卻變做一條兩頭尖的小木船。我和鵬飛姪脫下香港衫揮舞著、嘶喊著，我們全家都在嘶喊。沙啞的喊聲，在狂風疾雨中顯得淒涼、悲哀。那是我們唯一能做的事——向死亡搏鬥。

小木船突破雨網，在巨浪中翻滾著顛簸著駛近了我們。船上有兩個年輕人，分打著竹竿和雙槳。船上已有年約五十歲左右的一對夫婦蜷伏在艙間。他們是先被救了，載在船上，將和我們同樣承擔著苦難。

鵬飛姪跑向水中，迅速地抓住駛近屋脊的船頭，隱住船身，讓大寶、小順上船，我接過妻懷中的小鶯，扶著妻的膀臂，讓她爬上船，再把小鶯遞給她。

我的左腳剛踏上船頭，船身猛地一晃，船舷便緊靠著水面。拿竹竿的青年喊道：

「不能再上人了！」

我的心突然往下一沉，急忙抽回自己的左腳。這多糟！屋脊上還有我，還有鵬飛，但船上現在已有大小八個人，船口離水面很低，船的載重量像是無法再增加。但我和鵬飛怎麼辦？

猛烈的雨點，仍瘋狂地掃射著。一顆顆雨珠擊在翻騰的波濤上，躍起雞蛋大的圓圈。眼前像一個煮沸了的豆漿鍋。這是一個水的世界，浪花拍著船身，激起的水點升在我的眼前，霎時又跟著雨柱瀉下。船飄蕩著，船上的人搖晃著。我覺得屋頂在飄蕩，整個世界在搖晃。自己的妻兒脫險了，但你得葬在這深淼的混濁的水中，放棄了自己對家庭的責任。我搖一搖頭，用左手抹去臉上大把的雨珠，在雨網中看到鵬飛伏在船沿旁，調整大寶和妻的位置，使船後多留出一點空位來，我的心底突然有一道亮光一閃，忽然感到非常滿足。妻和小孩都上了船，他們已獲得生命，我還希望什麼。這比別人要強多了。五分鐘前，我親見村前的一棵大樹被巨浪撞翻，樹上蹲著汪家六口子，全被浪濤捲走。還有姜家、李家……都是在屋頂上沉溺的。

「四叔，上船吧！」鵬飛揚起左手，揮著雨柱。我覺得他的聲音在打抖。「船上還能登一個人。」他後面補充的這句話，我懂得有兩種意思。一是告訴我，一是告訴兩個划船的人。兩人都沒有反對鵬飛的話，他們原就是來救人的；只要船上能夠容納，爲什麼不多載一個人。

我又準備上船了。左腳剛提起，連忙又放下。忽然覺得鵬飛的生命比我重要得多。鵬飛三歲時死去父親，十年前他的母親把他交給我，要我帶他在身邊。她說：「鵬飛跟著四叔，我會放心，你會把他當作自己的孩子……」他已二十六歲，念完師範，在北部教書。現在回來度假，碰上洪水浸上屋頂，我們一家爬上船，把他放在隨時會倒塌的屋頂上——有那麼一天，我怎樣向他的母親交代？

「好！你先上去！」我大聲的命令他。「等你上去了，我再看看。」

「四嬸他們都在船上，」他粗暴地說：「你不上去，他們怎麼辦！」

雨水瘋狂地澆潑著，他的喊聲被雨聲和浪聲吞噬。這時僅剩屋脊最高的一行瓦片露在水面上，像全世界再找不到一塊土地了。忽然，我覺得自己已飄浮在波濤中，雨水和浪花凝聚成一個整體，緊緊圍裹著我。整個世界是灰茫茫的一片，天連著水，水連著天。

「你上去，好好照顧他們。送他們到高坡上，再來救我──」

一陣又大又密的雨點，塞住我的喉嚨，無法說下去。我知道說下去也是廢話，不如不說。只要木船離開這兒，屋脊不垮，我也會被浪濤捲走。水仍在大量的上升，我相信再有五分鐘，就會看不到我；我已四十五歲，吃過、玩過，好好地生活過。有妻子兒女，還有鵬飛會好好照顧他們，我應該沒有掛慮地死去。鵬飛正在年輕的時候，有前途、有發展，未來的天下，是屬於年輕人的。

「你瘋了！」鵬飛從船尾扶著船緣，滑到我身旁，捉著我的胳膊，推我上船。他說：「我年輕力壯，會抓住機會，想到辦法。」

「我絕不上去！」我說。

我和他在屋脊上撐拒著。我的眼睛從他的肩上，透過雨柱向四方搜索。希望在廣大的水面上，發現一扇門板，一隻木箱，或是一段樹枝漂向我們，我會抓著它們漂呀、漂呀……漂到一個山坡或是一個高大的城鎮，人們從波浪中撈起了我，我再疲倦地站起來

——可是，現在眼前什麼木類的東西都沒有；只有兩隻灰色的鵝，被雨淋得縮著頸子，慢慢地划著。

再遠的水面上，有一隻被淹死的肥豬，半沉半浮地在浪濤中隱現著。

我打一個冷顫，扭頭便見圍在村莊前的矮竹林，被水淹沒了，只露出稀稀疏疏的竹梢，在波濤中打躬作揖。

「快上船！」拿竹竿的青年又喊了：「再不上來，雨打沉了船，大家活不成！」

「快划走吧！」蜷伏著的老頭說：「他們不要活，我們還要命哩！」

「爲什麼還要等他們？船不能再上人了。」老太婆說。

隔著雨柱看到船上的人，我並不怪他們，他們是爲了自己才這樣說。每個人都有爲自己打算的權利啊。這時我分不清妻的眼眶中是注滿淚水還是雨水？她內心怎樣想呢？她要丈夫還是要姪兒上船？結婚二十年，我知道她的內心，她也了解我的思想。我們都互信對方有一顆純潔而不自私的靈魂。但此刻我卻無法從她凝視的目光中，看出她是要我趕快爬上船，還是鼓勵我留在屋脊上等待。

「爸爸！」

「爸爸，爸爸！」大寶和小順交替的喊著，摟在母親懷中的小鶯，也哇地一聲大哭起來。我內心最軟的地方，像被人按住了，一把熱淚急速地湧出眼眶，夾在冰涼的雨點中在面頰上滾著。我突然對生命感到留戀起來。

「快上船，隨便哪一個上船！」抓著槳的青年怒吼道：「你們願意都把大家淹死？」

我覺得鵬飛愣了一下。他鬆掉抓住我膀臂的雙手，從頸項取下掛著的銀鍊。我深知那銀鍊繫上一塊鑄有「長命富貴」的金牌，那是他母親在他幼年時替他掛在頸上的，一直沒有除下。現在他忽然將銀鍊和金牌塞在我手內，我還沒有時間去明白他的用意，他已翻身縱入混濁的浪濤中。我急忙伸手去抓，但已太遲了。

「哎啊——」船上的人們驚呼著，我更聽到大寶和小順嘶喊著：

「鵬哥！鵬哥……」

鵬飛不會游泳，只在大浪前一晃就沉下去了。我希望他再冒出水面，然後我下去捉住他。但他沒浮起；就是浮起來，我也沒有勇氣去抓他，因爲我是同樣的不會游泳。

風更狂，雨更烈，我靜靜地在胸前畫著「十」字；然後兩手合著舉在胸前，默默注視那呑歿鵬飛的巨浪，爲他祈禱……側轉頭便看到船上的人們，都和我一樣地舉手在胸前，參加鵬飛的葬禮。

我笨拙地爬上木船，僵坐在妻的身旁，兩手揑著「長命富貴」的金牌，眼看著翻滾的混濁的波濤，心裡一直念著：自然是如此的殘酷，人性卻是如此的莊嚴！

飢渴

深夜二點或是三點，我醒了，是不是全部清醒仍無法確定。仍迷迷糊糊爲重要問題沒有獲得答案感到難過。

我向坐在對面的劉代說：「你說啊，你有什麼痛苦？你說啊！」

劉代臉上有極端怨恨和困惑的表情，但沒有說話。不，可能劉代已告訴我，我忘了。現在不能確定劉代是不是仍在自己對面坐著。

「你說啊。」我再催促一遍。

沒有回答。我自己也覺得非常痛苦。爲不能了解朋友的心情而痛苦。爲不能了解另一種動物的思想、生活方式……而感到失望和痛苦。

從什麼時間開始已記不清了。我去拜訪小學時代的同學。二十五年前的路徑、鄉村，我還很熟悉。同學家的房屋沒有改變很多。很快就找到劉代家的大門；可是我不記得自己是一個人，還是許多人陪我一道去的。

是誰敲門，有沒有敲門，都沒有印象。劉代的父親出來了，仍是二十五年前的老樣子，看起來只有三十多歲。照時間推算，該有六十歲左右了哩。

我沒有懷疑他的年齡、環境（劉代的父親也沒有懷疑我），很快就認識他是劉代的父親。分別這樣久，我已長大了，大家都說我改變很多——氣質、容貌和以往都不同了。劉代的父親不關心這些，只是很客氣的招呼我，要我進到堆滿凌亂東西的屋子。

我沒心情和他談話，事實上我們相互不了解，無話可談。所以就直接地問：「劉代在家吧？」

「在啊，在家。」他很自然地說著，走到左邊的房門，用手推開門。「是在這屋裡啊。」

我順著劉代父親的手向房內探視，房間內有一張書桌，一張床。其餘什麼都沒有——沒有書，沒有椅子，沒有一切表示文明的東西，當然更沒有劉代的影子。

劉代的父親，不會跟我開玩笑，我們有那麼多年沒見面，他還是尊長。但劉代在哪兒呢？能不令人吃驚？

「劉代不是在這兒？」劉代的父親指著在室內飛繞的硬殼蟲說。

我仔細看那隻蟲。他有三公分左右長，像一隻蟬。頭很小。全身顯紫黑色，張著翅膀飛行，飛出嗡嗡的聲音又像隻蜜蜂。

我一點也不懷疑他就是劉代，對他變成一隻飛蟲也感不到驚訝，像是自然而然地他就該這樣。

但我還是問：「他爲什麼要這樣？」

「誰知道。」

「他經常這樣嗎？」

他看那繞著我們飛旋的劉代一眼，輕飄飄地說：「有時也會變成原來的樣子。」飛蟲現在只迅速地繞在我身旁旋轉，像已認識這多年不見的老同學。剎那間，我很羨慕他有這樣自由的生活，可以變做一個人，也可以變做一隻蟲，悠遊自在的翺翔，不受時間空間限制。爲什麼我不能像他一樣？

「你快變回來啊！」我盯著他說，「我們來談談吧，這麼久不見了。」

他仍在飛翔旋轉，響聲更大。有時更跌跌撞撞的碰到我身上。不知是他身上有刺，還是他飛翔時衝勁太大，撞在臉上臂膀上，感到又癢又痛。

我很不開心地說：「坐下，變回來，談談啊！」

他一個圓圈又一個圓圈地飛，滿屋子都像裝滿了飛蟲。劉代的父親也瞪視他飛行，彷彿和我一樣，第一次發現人變做蟲後，有這樣大的本領。突然間我對他所說的懷疑起來。這飛的眞是劉代嗎？劉代父親的話可靠？如果他講的是眞話，變做飛蟲的劉代永遠留在屋中？可能劉代已飛出十萬八千里，而這隻蟲只是劉代的替身。他父親不了解劉代的本性，變了形態以後，連是不是他的兒子也無法確定。現在這隻飛蟲在嘲笑劉代父親，嗡嗡地飛著在玩弄我們，蔑視人類的智慧，揚棄社會的制度、文化——我憤怒得要大吼大叫。

「你先坐下，」劉代父親像是看出我的心情，安慰我說：「我們談談你的生活近況。」

「不，不。」我說：「爲什麼要談？要和您談？我要走了。」

他父親送我出門外，我又覺得身畔有很多人陪我一道走。是同學，是鄰人，自己分不清楚。同剛才來敲門時一樣，有很多熟面孔圍繞著我。但我無法確定他們是送我；還是和我一齊來的伴侶，現在陪我回家？而我的家在什麼地方，我自己也不知道。

飛蟲仍舊碰著我的面頰、頸項、裸露的胳膊。痳辣辣的刺痛著我。他在我眼前滑過，我舉起右手，猛地拍擊著他，他閃了一下，跌落在地上。我搶前一步，右腳緊緊踏著他；用力踏著他。他的殼很硬，沒有碎裂或糜爛的感覺，只覺得緊實地陷入地面，一分一毫地向下陷落，他在腳下無法避讓，躲閃。人的體積是如此龐大，而他卻是那樣弱小得微不足道，只好接受命運的安排，安安靜靜地死去。誰教他不變回劉代，誰教他刺傷了我，碰痛了我。我沒有絲毫悔意，提起腳向前邁進，連低頭看一眼都沒有想到。這是個自然的道理。他不是劉代，只是一隻沒有名字的硬殼蟲，他冒犯了我，冒犯了人類；人類就該踐踏他，不管他有沒有反抗的力量，儘管緊緊地用力地踩下去。陷落在沙地——

我倏地想起，如果踏在堅硬的水泥路面上，他一定會碎裂……但那是又黃又鬆的沙土，所以他會慢慢陷落。他結實的身體踏在腳下，那種堅硬的感覺，從腳底慢慢由腿滲入內心。心中有恨意，恨他不變回劉代和我談天，恨他能自由翺翔，恨他……

這使我不敢想。那是一種報復。在小學讀書時，我們談得很投機，我把自己的家庭祕密都告訴他，希望獲得他的同情、了解，增進友誼；但他轉眼間，就把我的祕密公開地向大家宣布，還利用我的祕密嘲弄我、諷刺我。我多難爲情啊。我的成績比他好，老師喜歡我，他用那些祕密攻擊我；我恨他，恨他不變回一個人。恨他老是碰擊著我的身體。踏他一腳又算得了什麼？他身體的堅實感覺傳到內心，我所想的不是一隻飛蟲，眞眞實實的覺得他是劉代，他是二十五年前的老同學；老同學的父親，正眼睜睜地看著我殺害他的兒子。我沒有罪，因爲他不和我同類——他父親也希望我殺死他嗎？他在二十五年前說過，父親不喜歡他，因爲他是後母生的。後母討厭他。他變做一隻蟲，後母是高興，還是妬忌？我猜不透。人類的思想太複雜。

一會兒，我就有點悔意。那是在劉代通知我，要和我談談之後。是誰通知的，用什麼方法通知的，我不知道。但我明白他將是用人的形態和我平等地談話。我靜心地又不在乎地等他來和我談判了。他控訴我殺害他嗎？他沒有死啊！而且，我不知道他會變做飛蟲；飛蟲就是他的替身。理由總是跟著聰明的人類跑。唯有人類才擅長說理由。我不在乎，他現在是多麼渺小，他的天地只有那麼一間屋子，屋中只有一張大床、書桌。

他來了，眞的來了。嗡嗡聲先到，在我的屋裡轉了一圈。我抬起頭，發現屋中的人，都抬起頭，睜大眼睛瞪著這突然飛進的硬殼蟲。我想，人太多了，應該叫大家出去，等他變回劉代以後，再叫他們進來。不然，他們眼見他由一隻蟲變做一個人，能不驚奇？而劉代處在這環境能不感到難爲情？

「你變回來吧！」我大聲說。我想，他如覺得不方便，提出抗議，我就趕走他們。可是，他沒有變做人以前，是沒有嘴說話的；我爲什麼要管他呢？

他在半空畫了一個大弧形，那是什麼意思，我不知道，然後落到地上，在我書桌的對面，慢慢地升高，升高，高得和我相等才坐了下來，很令人吃驚，我記得。他是沒有這樣高大的。

圍在我四周的人，看著他由飛蟲變成一個雄偉的青年人；他們的臉上都沒驚訝的表情，像這是天下最自然不過的事，用不著大驚小怪。一忽兒我便發覺在屋內的人，都很年輕，都好像是學生，他們對一切新的變化，好像都認爲是對的，立刻可以接受。

他面色發青，有一些像癬疥褪落後的斑紋，成大大小小的圓圈。他說：「你害得我好苦啊！爲什麼要踏我？」

我立刻回答：「你不肯變做人，和我談天；又刺痛了我，我很生氣！」

「生氣？」他埋怨地說：「你幾乎殺死我。我深陷在沙土裡，一點都不能動；如果沙再緊些，夾住了我的身體、翅膀，就不能飛了。你爲什麼要踩我？」

「你老是碰擊著我，好痛。」

「那是表示親善、友誼啊！你不該那樣——」

「你爲什麼不立刻變成現在這樣子，好好告訴我？」

「我不能隨便變成人，我們的限制很嚴……」

他停頓了，沒有說下去，臉上有痛苦表現。我立刻問：「你有什麼痛苦嗎？」

他靜靜地流淚，沒有回答。我問他還有什麼話要告訴我，他仍不作聲。

突然，我也感到很難過。因爲我不了解他的苦惱，無法幫助他。那麼久的時間沒有見面，現在見著了卻有這樣大的隔閡，不能幫他解決困難，不像一個老同學——用力踩踏，狠狠地壓他在腳下，更忘記他是自己的同學，和自己同樣的是人。或許也就因爲他是一個人，所以才用仇恨、報復的心理踐踏他、殺害他。他的痛苦，是爲了他的生活改變以後，發覺人們對他的歧視和虐待？那麼，他爲什麼要變做一隻蟲？他爲什麼不立刻恢復他本來面目做個堂堂正正的人？難道現在他已受著蟲類主宰的嚴格限制和迫害？他究竟爲了什麼事痛苦啊？

「你告訴我啊！我們是老同學，我一定要幫助你……」

話沒有說完，他已不見了。他是飛掉或是走出去，我不知道。但他的臉上痛苦的表情還在我的眼前。他已不相信我的話。他知道我不會幫助他。現在我忽然明白，他的痛苦是發覺我如此殘忍——殺害一個沒有抵抗能力的飛蟲、老同學、同樣的人類……他已對整個人類失望，所以才變成一隻蟲——我急需明白，我要問他。但他不坐在我的對面。他已走了，無聲無息地走了。房間裡沒有人，也沒有燈，漆黑的。我也沒有坐在桌旁。只是孤獨地躺在床上。是不是清醒，我不知道。他爲什麼不說清楚就走了呢？究竟你有什麼痛苦啊？趕快告訴我，我說。沒有回答，永遠沒有回答，我也很痛苦啊！

半截手指

碎石子嘩啦啦從半空落下，敲擊在黑母熊的頭上、頸上。她慢慢抬起頭，半睜睡眼睥視著；站在獸柵外面的人，被鐵絲網隔裂成若干碎塊；那人的臉上和身上籠罩著一層白茫茫的霧，她看不清她的面孔——實際上是她不願注意那個人的外貌。人就是人；人的樣子總是差不多的。

她蠕動身體，想使自己躺得舒服些：伸出前爪擱上門前的鐵檻，下巴依偎在雙膝前，後腿半蹲在門內；如果有條尾巴搖一搖，或許會有一種平衡的感覺；可是她沒有——這是一個很不舒服的臥姿，半截在門外，半截在門內；而門檻又是這樣高低不平。但她喜歡這樣小睡。因爲睜開眼可以看到外面的一切，便有一種安全的感覺。

是不是安全，對她來說已不重要。自從進了這四號獸檻，住堅固的水泥屋，屋外還圍繞著鐵絲網，誰都無法侵入來傷害她。但她知道這安全設備並不是爲了保護她，那是阻止她自由活動；關她在柵欄內讓千千萬萬的大人、小孩；男人、女人賞玩。那些人從來沒有看過她，她以前也沒有見過那些人。現在隔著那層鐵絲網，她就要飽受他們的侮辱和戲弄了。

「嚕嚕……嚕嚕……」

那個人在呼喚她，她仍半閉著眼睛養神。昨天進來一隻公熊，因爲牠不習慣新環境，成天成夜咆哮、躁急地跳動，惹得她一夜沒有好睡。現在牠大概疲倦，踡伏在籠內的一角休息，她才有這安靜的機會躺在門旁；想不到那討厭的傢伙又來囉嗦她。

「嚕……嚕嚕……」那人大聲喊：「來啊，妳這畜生！」

接著又是一陣碎石子落在她的面前。那麼小又是那麼輕的石子，當然不會擊痛她；但她感到厭煩：她和他生活在兩個不同的世界裡，他爲什麼要來虐待她，擾亂她寧靜的生活？難道認爲她失去自由，就是他欺侮的對象？那麼他就錯了。

有一陣香味鑽進她的鼻孔。噢，是花生米的味道。那人就是要她出去吃花生米？有很多人用花生米、香蕉等水果誘惑她走近鐵絲網，再用石頭、木棒、鐵條打她。人類是最奸險最狠毒的動物，她眞輕視他們。如果她是在森林或是深山中碰到他們，也會用最毒辣的手段對付他們了。

嘴唇邊有一粒花生米，她用舌尖捲起咀嚼著。味道眞是不錯：又香又脆。比管理員每天分給她吃的爛番薯和發黃的青菜好吃得多。

她撐起前爪張望，花生米散落在四周。她慢慢站起，縮進室內；然後轉過身來，先將後腿伸出門外，再把整個軀體向外移動。進入這柵檻三年，已學會悠閒自在、不慌不忙。離開競爭的世界，不用搶奪，也用不著那機警和迅速的行動了。

站在鐵絲網籠罩的院中，她覺得很上當，地上只有很少幾粒花生米，碎石子倒很多。眞後悔跑出來——她不該輕易相信人類的慷慨。

一粒粒花生米呑進口內，在院中已轉了三圈。雨絲從上空的鐵網篩下，噴灑在她的頭上、身上。運用力量抖一抖肢體，希望有雨珠從皮毛落下，沒有。雨絲太細太小，難怪看起來像一層煙霧。現在她已看清柵欄外面那個人的面孔，那是經常來逗她的遊客。

「喂，不要走近鐵絲網！」小店主人大聲喊：「危險哪！不要進去。」

可是他已跨過半人高的木柵，右手扶著鐵絲網的網孔，嘴裡嚷著：「嚕……嚕……」

「你這人爲什麼不聽話？」小店主人已從店內跑出來，站在木柵右側責問：「你不認識字嗎？你沒有看到那塊牌子嗎？」

那人沒有掉轉頭，眼睛仍注視鐵絲網內的她，用一種輕視的語調說：「認識字怎麼樣？看到牌子又怎麼樣？你是什麼人？關你什麼事？」

店主人好像火了，走近遊客身後指著他說：「你這人眞不識好歹，那是爲你好啊！

你不怕這大狗熊發野性抓傷你，撲傷你？」

「怎麼樣？我不怕。」遊客轉頭對店主人冷笑。「你怕就該早點搬出去。」

「噢——」店主人拖長聲調說：「原來又是你，你是個不接受別人善意勸告的壞蛋，你又忘記你的手指了？」

黑母熊抬起頭來看他，一下子就想起來了。去年他曾用撿廢紙的鐵夾打她，店主人曾把他拖到動物園管理處，他已答應不再虐待動物，可是他今天又用石頭砸她。誰知道這樣纏下去他會怎樣對待她。

遊客豎起右手搖了搖，她看到他禿禿的半截無名指。「我的手指怎麼樣你管得著？那是我逗獅子玩，送給獅子咬的。你知道吧？獅子是百獸之王。這隻狗熊有什麼了不起，在台灣土生土長，能有多大能耐，敢動我半個指頭？」

喊嚷聲把睡在籠內的黑公熊吵醒，牠在門口望著她，像是不明白所發生的一切。牠剛從深山走進這天地，還不了解人類是怎樣鈎心鬥角。

「好吧！」小店主人很生氣地說：「你看不起狗熊，也不在乎你的手指，我就不管你；如果你再虐待牠們，我就——」

「你就怎麼樣？」遊客厲聲地問。「你也不想想，你是個什麼東西？你住在狗熊的旁邊，就想藉狗熊的勢力欺人？你也不想想：動物園是禽獸居住的地方，爲什麼你要住在裡面？你算是哪一門子野獸？」

「好，你這小子開口罵人，我看你有多大的狗膽？」小店主人衝上前去，抓住他的衣領，兩個人便在鐵絲網外，扭成一團。互相打啊、罵啊、踢啊……

黑母熊在鐵絲網內的水泥地上，慢慢踱方步，她是被關在獸檻內，沒有辦法干涉他們；就是干涉他們，他們也不一定會接受她的意見。他們是人，是高等動物，是萬物之靈。如果她對他們說：你們爲了那麼一點兒事，何必廝殺，何必爭吵；更不必爲了禽獸的事傷和氣、傷感。他們一定要大聲說：妳這畜生，妳懂得什麼？人就是人，人當然要爭一口氣！

好，你們去爭那口氣吧！我悠閒地在欄內看你們爭殺，那是你們自己願意的！

大公熊也走進院中，撐起前爪半蹲在水泥地上注視著扭打的人們。牠不時低下頭來，伸長著嘴摩擦胸脯上的白毛。那是表示厭惡和不耐煩？牠剛從深山來到社會，一定看不慣許多事事物物的。

來了，來了一大堆人。男男女女，老老少少都有。他們拉開了兩個打架的。

拋石子的遊客說：「眞是豈有此理，我逗狗熊玩，他來干涉算什麼？你們看：誰受得了這個氣？」

小店主人說：「你不愛護動物，誰都可以干涉。瞧吧，你再有虐待的舉動，我還要拖你去管理處──」

「去了又怎麼樣？我打這土狗熊又不是虐待珍貴動物，誰敢拿我怎麼樣。」

店主人被拉回自己的小店，許多人也悻悻地離開。沒有熱鬧瞧了，大家好像很失望。看起來，人類都是喜歡看別人爭吵打鬥的。

「嚕……嚕嚕……來吧，狗熊。」那遊客向牠們招手點頭。大公熊不理他，或許是聽不懂他的話，不知道他的意思。她雖明白他的用意，仍站著沒有動。她不是輕易肯接受別人呼喚的。

「來啊，你這畜生！」遊客伸手進口袋，抓出一把花生米，撒進鐵絲網。

大公熊站起身，尋覓一粒粒花生米用舌頭捲進口內；母熊也慢慢走近鐵絲網邊，舔食零落的花生米。這時那遊客突然彎腰蹲下身去，從地上撿起一根細長的木棒，伸進鐵絲網的孔內，敲擊著公熊和母熊的頭和身體。

母熊迅速地避開。公熊轉過身去，用詫異的目光盯住那鐵絲網外面的人。好像不明白爲什麼要挨打似地，顯出憤怒的神情。她看到大公熊那傻頭傻腦仍舊挨打的樣子覺得好笑。許多人天生的不講是非，你還希望和他講道理嗎？

終於大公熊也讓開他的棍棒。那人的棍棒攪動著，口中不斷地叫嚷；但牠們已決心不再上當。

忽然間，他抽出長棍，拋在地上，匆忙地向小店走去。一會兒手中抓著一串香蕉，跳近鐵絲網。他說：「下賤的狗熊，來吧！」

他用左手摘下一支香蕉，塞進網孔內搖晃，誘惑牠們走近鐵絲網給他敲擊。他眞太卑鄙、太無恥了。爲什麼定要欺侮陷落在獸檻中可憐的動物？看樣子大公熊意志有點動搖，又忘記他殘酷的舉動了。

她踱近他的身邊，仰起脖頸，慢慢靠近香蕉，張開嘴巴，一點一點向前咀嚼、咀嚼……雨絲似乎粗了，雨點似乎大了。她覺得那人的面孔，完全被灰白色的薄霧籠罩，分不清他的眼睛、鼻子……鐵絲網把他的面龐，分割成很多方塊。人就是人，樣子都是差不多的。捕獲她，把她送進動物園的人，也和他差不多嗎？

香蕉只剩下一小截了。他該縮回手指的，沒有。他知道妳不是獅子，妳不敢咬他、得罪他；他已經看穿妳這土生土長的狗熊了。人都是欺善怕惡的。

她頭子向前一伸，猛地一口。那人的食指和中指，已跟著小半截香蕉進入她的口中了。

「哎喲——痛死我了——這狗畜生……」

獸檻外面又圍了許多人，小店主人大概也跑出來了。但母熊沒有看他們，只是轉過身去，把口中兩截血淋淋的指頭吐在水泥地上。大公熊又用詫異的責問的目光看著她，像一點都不明白：她既不喜歡腥羶骯髒的指頭，為什麼要從人的手上咬下來？

可是，她用什麼方法才能使牠懂得她的心境呢？她只好慢慢踱進籠內，又用那半截門外、半截門內的睡姿躺在門口老地方了。

鴨蛋和鴿子蛋

升發號雜貨店老闆娘高太太，坐在矮骨牌竹櫈上，俯身籮筐口，把完整的鴨蛋，放在左邊籮筐；把黏糊糊的龜裂蛋殼，放進扁篾簍，好削價出售。

十三歲兒子高明貴，伏在油膩的木板櫃台上，就著昏黃的六十支光吊燈做功課，一個禿頂男人來買白糖，明貴拋掉手中藍桿原子筆，把糖秤好、包好，再大聲問糖價。一會兒又有一個拎籐包的女人進來。兒子又問馬王牌肥皀多少錢一塊，十三兩麵條値多少錢。

高太太沒有抬頭，用平板的聲音告訴兒子答案。青皮和白皮鴨蛋沉甸甸的重量，拉扯著擠壓在框口那顆煩悶的心，跟著蛋殼滾動。每天放學和星期假日，兒子總是在櫃台上練習做買賣，三年多了，記不住物價，算不出錢數，能要媽媽跟住他一輩子？

街道上有啪啪啪響的老爺汽車駛過。高太太鼻子嗅到甜甜的柴油味——人家都嫌臭，只是她覺得有股糖漿的甜味。這是老問題，她分辨不出汽油的香和臭，也沒法分辨明貴比他爸爸聰明多少，她生氣的時候，會指著他們父子倆說：「什麼根，生什麼草！」吵過、罵過又有什麼用；爸爸是個混球，怎能希望生個聰明的兒子？唯有女兒蓮花，卻是個例外。

她一把抓起三隻鴨蛋，重重的放在左邊籮筐內。今天又有了例外，明貴爸爸要她準備酒菜招待客人。結婚多年，從沒見過丈夫的朋友進門——誰願意和大傻子結交？

儘管丈夫傻傻呆呆的，但在招待客人這件事上，卻賣起關子來。她盤問了幾句，丈夫哼哼唔唔不開腔，最後才滾瓜似地說：「晚……上上妳……妳就就明——白。」

高茂昌又結巴又是大舌頭，說話時像含一隻大橄欖。聽來又費力又模糊。如果板起面孔，逼他說出底細，定會源源本本說明白。可是她沒有那股勁，也沒有那許多時間逗他、理他。他成年累月像沒有什麼可以高興的事發生；現在讓他藏著這份祕密到夜晚，滿足一下自尊心吧！他一向被冷落，今天也該嘗嘗做主角的味道。

掛在當門的長方形壁鐘，不耐煩而發出的「噹」聲，像敲在她腦門上。不用抬頭，便知道是九點。

這是一隻老鐘，不按規定的秩序亂敲。八點半敲成九點，此刻又敲成九點半。深更半夜，睡得迷迷糊糊，被叮叮咚咚的鐘聲敲醒，豎起耳朵想數清數目；但二、三十響不斷敲下去，又把她敲昏。眞想跳下床，扯下那座鐘，摜成若干碎片，懲戒它的無知和糊塗。

「媽！妳算算嘛：五兩花生米，一斤九兩粉絲多少錢？」

老闆娘兩支劍眉伸向額角，想跳起來拍著屁股大叫：「你這小兔崽子，爲什麼不算一算？手裡有紙有筆，櫃台上有算盤，還有臉問我？」

她只是在心裡咕嚕，沒有喊出聲，生了個傻瓜蛋，又怎能計較？她裝成不介意的樣子等待客人，一個晚上，不少顧客進進出出，全由兒子招呼；硬起心腸沒有幫著看斤兩，錯就讓他錯一點吧！丈夫一切不管——不會管，理家的責任，全堆在自己身上；不能再養成兒子的依賴心理。她馬上要訓練明貴識秤、算帳、記物價，把升發號雜貨鋪的買賣，套在兒子頭上，讓兒子做個眞正小老闆。

「媽，妳也算不出？」明貴偏著腦殼，凝視燈光，右手抓搔禿禿的頭頂，費力地計算物價。

高太太壓住滿腔憤懣和嘲笑，說出算好的錢數。兒子嘴角向下拉的饍態，活像他爸爸。她看了不知想大笑，還是想大叫。

圓渾渾的蛋殼，連續撞擊的清脆響聲，勾起異常親切的感覺。「癩痢頭的兒子，是自己的好。」有個兒子照顧店面，才能靜靜的撿破蛋；比傻傻呆呆的丈夫留在店裡要強得多。

客人沒來，也見不到丈夫的影子。蓮花看電影也該散場了，又和那些下流孩子玩在一起不回家？

老闆娘有一點焦急。她準備了一瓶酒四盤小菜，招待客人。酒不能太多，丈夫吃醉會發酒瘋。誰知他是眞瘋、假瘋？平時大家不尊重他，不聽他的話；唯有發酒瘋時，可以大吵大鬧。店裡賣酒，藏不起來。轉一個身，丈夫會偷一瓶太白酒，抓把花生米，躲在角落裡骨嘟嘟地灌起來。如果今天的客人能喝，就再拿一瓶。丈夫第一次，恐怕也就是最後一次陪客人，不能丟他的臉，使他太傷心。他腦子裡恐怕除了想把酒喝夠以外，就沒有其他心思。

「有鴿子蛋嗎？」籮框前有個人影晃動。

「沒有。」

「爲什麼沒有？」

老闆娘猛抬頭，目光迅速地從灰長褲，滑向深咖啡色夾克，再移向面龐：左眼角上有粒很大的黑痣。

她肢體顫慄了一下。看清了，是潘必成。右手抓住的兩隻鴨蛋，被搓擊得吱吱叫，錯放在扁篾簍裡，再搶著送往左邊的籮框。用力過猛了，白皮的蛋殼，龜裂成一個小凹塘。

「就是沒有，鴿子蛋賣完了，沒有貨。」老闆娘舌頭在口腔裡打滾。「去別家買吧。」

「都沒有，所以才來升發號。」

「我們店裡從來不賣鴿子蛋。你趕快走！馬上會來客人。」

顧客笑哈哈。「客人？我不像個客人？妳要攆客人走？」他又橫跨一步，旋轉身軀，面對明貴。「小弟弟，你講講理；我來買蛋，能不能攆我走？」

明貴直愣愣地傻笑。「你來買蛋，歡迎，歡迎。要雞蛋？鴨蛋？」

「鴿子蛋。」

「我沒看到過。」明貴擺動著矮矮的身體。「要問我媽媽。媽！有沒有鴿子蛋？」

老闆娘咬著牙齒沒有回答。傻小子難道沒有聽到媽媽的話？潘必成不是來買蛋的。笨瓜看不出——再聰明的人也看不出；只是她自己心裡有數。

潘必成第一次來店中，她就警告過他不要再走進升發號，怎麼今天又闖進來。前天下午來時，她不認識他。潘必成提起十四年前的事，腦子裡才鑽出他的形象。

那時，潘必成隨同媒婆去她家相親，她在紙門的空隙中偷偷看過他。方方正正的臉，鼻梁上有道硬傷，左眼角上鼓起一粒黑痣；笑起來，眼瞼連成一條縫。身材不高，還有一點駝背，整個的外表，實在不討人喜歡。可是，媽媽說，人家是獨子，還開一個大雜貨鋪，有不少萬哩！有經濟基礎，人口簡單，妳過去就享福。東挑西揀，二十五了，這樣好的條件還不嫁，要想嫁國王？

她說不過媽媽，實際上也沒有再好的理由反對。兩個嫂嫂豎起眼睛看她；再待下去，眞想讓嫂嫂趕她，聽嫂嫂冷言冷語？口頭上和媽媽辯駁一番，向等待多年的自己交代得過，就橫著心腸出嫁。

婚禮不新不舊很特別，新郎的父母，來迎新媳婦進門。媽媽忙得團團轉，爭排場、爭禮物、爭漂亮的禮車。男方很慷慨，對女方提得出的條件，全部接受。四對吹鼓手，吹吹打打；六部汽車，浩浩蕩蕩到了禮堂。她還沒來得及喘氣，便被七手八腳的男男女女，簇擁著拜天地祖先和公婆。大紅的蓋頭布，把臉和眼睛遮得緊緊的，只看到一雙雙男女的腳尖腳跟。人們牽著她東走西拜，活像一個沒有知覺的木偶。人多，眼睛多，她也不想看，每個做新娘的人，都要裝成羞怯怯的，她當然不好例外。

婚禮完成，撇她在新房。雖有不少女客陪她；還是有冷冷清清孤孤單單的感覺。新郎一直在外面兜圈子，是招待賓客太忙？還是怕羞不敢進新房陪伴她？

等待又等待。媽媽走了，客人散了，新郎悄悄掩進房。她猛一抬頭，心往地下沉，全身汗毛根根豎立。新郎關掉電燈，快步走到一對燭台前，一口吹滅紅燭上跳躍的火焰；再斜轉身鼓足氣吹第二支紅燭時。她已直挺挺堵在閃亮的燭光前。

她看清了：新郎不是去她家相親的那個男人。眼角有黑痣，鼻梁有傷痕的人，現在卻站在店鋪蛋簍旁，向她買鴿子蛋。

老闆娘的視線，從笑嘻嘻的顧客身上，跳到滿臉惶惑的兒子頭上。「我們不賣鴿子蛋！」

顧客指著貨架上方紙盒說：「這是什麼？」

「鵪鶉蛋。」高太太的左手揮了一下。「快走！」

「沒有鴿子蛋，是你們不對。爲什麼還要趕我出門？」

明貴拋下功課，興匆匆跑到潘必成身旁，仰著頭問：「你買鴿子蛋幹什麼？」

「孵小鴿子。」

「你家裡有老鴿子？」

「沒有。」

「那怎麼孵法？」明貴瞪大眼睛，顯出萬分驚訝。

「我要把鴿子蛋，交給一對鴨子孵。」

「那眞好玩——」

「傻瓜蛋！」老闆娘對兒子兜頭猛喝。「少管閒事。還不快去做你的功課！」

明貴伸伸舌頭，縮起頸子，撐直膝彎，搖晃著身體走向櫃台。

媽媽的目光，隨著兒子的背影游移。明貴走路的步態和姿勢，也和爸爸一樣。「武大郎」的影子又從腦幕中映現——大家在人前人後這麼叫她丈夫，日久聽慣了，她也覺得他像武大郎。

丈夫身材很矮卻姓高，眞是很大的諷刺。平素不穿鞋子，不拖木板，成天赤著腳踝、叉開兩腿走路，活像隻旱鴨子。在新房裡，聳肩縮頸蹲在喜燭前，比老公鴨還要醜陋。

再不能裝成羞怯怯的新娘了！她右手抓住他的襯衫和領帶，左手指敲著他的腦門厲聲問：「你是什麼人？」

「我……我是店……店裡小……小老——闆。」寬大的西裝在他身上打轉；格格抖的軀體像要從衣服中滑出。

「去我家相親的是誰？」

「就……就是……我。沒……沒錯。」

她仔細瞧新郎，比她矮半截，是正牌的「三寸丁」，臉上的皮膚粗糙得賽魚鱗。相親時，如果看到這副德性，恁他有家財百萬，也不會答應媽媽。可是在新房裡，能有多大力量抗拒整個世界？

「你不說出他是誰？我打開房門就走！」

他撲通跪在地下哀求：「妳……不能……能走，請不……不要走。我我……說……他是……我……表弟。」

「老闆娘！有味精嗎？」

「有，有。」高太太抬起頭，見是前面巷子的郝太太，捲著衣袖走進店鋪。

郝太太的視線，碰到老闆娘的目光，立刻折向潘必成的臉上，瞪了一會兒驚叫道：「你是小潘？眼睛花了，看了半天，才看出你。這麼多年，去哪兒發財了？」

「沒有。東溜西跑，混飯吃。」

「別客氣啦！」郝太太的睡沫星子，噴射在老闆娘臉上。「你是飯館大師傅，又有錢，手藝又好，成家了？」

潘必成怔了一下，臉上笑意收斂。「現在還是單挑兒。」

郝太太嘖嘖地驚異。「怎麼會呢？」

買鴿子蛋的人低下頭，沒有回答，但老闆娘知道。第一次來店裡，他曾經告訴過她。前些時候，他積蓄了不少錢，和一個年輕女人同居，還生了一個孩子；他生一場大病，錢慢慢耗光，那女人便帶著孩子逃走。他在外面流浪沒有意思，才繞著迴旋的路踏進家鄉。

「回家第一件事，」他得意地露出嘴角兩顆金牙。「就是來看表嫂。」

現在看她還有什麼用？舉行婚禮那天，如果他在家；她就要抓住他。是他代替高茂昌相親的；她結婚的對象是他。但跪在紅燭面前的丈夫結巴地說：「他……他出國……國了。」

新婚之夜，她不能回娘家去看哥哥嫂嫂的嘴臉，也想不到更好的地方居住，只有橫著心腸咬緊牙齒爲「武大郎」生兒育女。

老闆娘渾身不自在，但還是敷衍他。「你應該先看看表哥。」

「當然要看表哥。」潘必成伏在櫃台上，右手掌敲擊檯面。「先要和表嫂說清楚。我把太太讓給他十多年，現在要物歸原主——」

「你胡說！」老闆娘的頭頂像被擊了一棍。她是一個人，不是青菜蘿蔔，也不是雞蛋、鴨蛋，可以任人擺布、買賣、交換。「你當面侮辱我，我不認你這個親戚，也不讓你進門！」

顯然的，她嚇阻他的話沒有效果，他又來瞎扯，買鴿子蛋。看樣子，他和郝太太很熱絡，郝太太一定知道他代替相親的事。郝太太右手拍著他的肩頭：「有空，去我家聊天兒，順便打八圈。」

「去！一定去。」

十歲的女兒跳進門，便大聲嚷：「哥哥，電影眞好看！還有很多太保打架，你不去，好可惜。」

哥哥咬著筆桿說：「我明天去看，還不是一樣。」

潘必成攔住小女孩：「妳看的什麼電影？」

「是『天作之合』。那個漂亮的女明星，跟一個男人結婚了。哥哥，要不要講給你聽？好好玩哪！」

老闆娘厲聲怒吼：「不要亂嚼舌根了。快進廚房，去吃荷包蛋！」

蓮花橫甩著兩條手臂跳往後面，店鋪內突然靜下來。街道上馳過一輛摩托車，呼啦啦的響聲，像從老闆娘胸膛輾過。

郝太太臉上刹那間凝起一層霜，用枯澀的聲調喊：「我要一盒『全貞牌』味精。」

老闆娘說：「我們只有『鴨舌牌』，要不要？」

「要，要。只要是味精，什麼牌子都要。」

郝太太尖起手指，從明貴手中抓走長方盒的味精，利刃似地目光穿過潘必成和她的臉龐，轉身向門外走，嘴裡嘟囔個不停。「成天打牌，煩死人。深更半夜，還要做消夜，眞不是味道。」突地放大喉嚨：「小潘，來玩哪！」沒有顧到反應，就在人行道旁三輪車的空隙中鑽走了。

高太太用右手的鴨蛋，敲響左手的蛋殼。「你也該走了，客人一會兒就來。」

潘必成倚在櫃台角，抖著雙膝，眼睛斜睨著她。「我該早點告訴妳，客人不來了。」

「誰說的？你怎麼知道？」

「妳應該相信我，我不會騙妳。」

高太太定定地看著他。他一臉正經，不像說笑。她也有點懷疑了。丈夫要招待客人，爲什麼他到現在仍不回家。

「你見過高茂昌了？」

「見過，我們談得很投機。」

「他現時在哪兒？」

潘必成沒有答腔，正彎腰抓住從後面跳出來的蓮花。蓮花躲躲閃閃地避開他，堵著嘴唇說：「你這個男生眞討厭。你是誰嘛？」

「我是潘叔叔。」

「你來我家幹麼？」

「買鴿子蛋。」

明貴迅速抛掉原子筆，從櫃台內衝出，走到妹妹身旁。「潘叔叔，你快點告訴我嘛，怎樣孵小鴿子？」

潘必成右手抓住蓮花臂膀，左手撫弄兩條光滑的大辮子。「你也喜歡小鴿子？」

「對啦，我喜歡。」高明貴揮舞雙臂。「你告訴我方法，我也去買鴿子蛋來孵。」

老闆娘又大喊：「你又貪玩，不做功課啦！」

「媽，一會兒工夫。」明貴搶著說：「潘叔叔，快講嘛。」

潘叔叔咳嗽一聲，清掃嗓門。「鴿子孵蛋和鴨子不一樣。午前午後公鴿子抱蛋，夜裡才交給母鴿子，早晨又由公鴿子接過來孵。」

蓮花偏著頭不信地說：「牠們換來換去，你怎麼知道？」

「我用紅藍顏色做記號，成天瞧著牠們，還錯得了？」

「妹妹，妳不懂，就不要亂打岔。抱多少天，小子就出蛋殼？」

「十七八天。」潘叔叔對明貴嘻嘻笑。「你有興趣了是不是？」

明貴又搔頭。「你說鴨子也能抱鴿子蛋？」

「現在還不知道，我正想買蛋試驗——」

有一個戴深度近視眼鏡的男人，手提綠色尼龍線的籃子，走進店內買香菸。老闆娘抓住機會，喊明貴拿菸。

那男人用附送的一小包火柴，點燃一支香菸吸著，低頭在店鋪內東聞聞，西嗅嗅，像搜索需要購買的物品。轉來晃去，看到櫃架上的小紙盒，便側轉頭問潘必成：「老闆，鵪鶉蛋多少錢一打？」

「六塊！」

「我有幾打，賣給你們，算便宜一點。」說著他從籃子裡搬出五個長方形紙盒，放在櫃台上。

「你要賣幾塊？」

「四塊五。」

老闆娘不能再忍耐了，腦門上的一根根青筋劇烈跳躍、膨脹。她從矮竹櫈上站起，急速搖動雙手。「不要，我們不要。」

那男人抹下眼鏡，睜大眼睛瞪她。「我這鶉蛋，又新鮮，品質又好，吃了百病消除，提神補腎。」他頓了頓。「我還可以算便宜一點。四塊，好不好？」

「不問多便宜，不要。天暖了，蛋會壞，我們店裡的還賣不出，你拿走吧！」

手抓眼鏡的人遲疑著，捏著方紙盒，瞟了潘必成一眼。「你們老闆說要——」

「誰說他是老闆？」老闆娘的怒火像要把店鋪燃燒。「他和你一樣：顧客。是買鴿子蛋的顧客。」

陌生人戴起眼鏡，把鶉蛋一盒一盒慢慢放進提籃，彷佛等待轉機。蛋收完，提著籃子懶洋洋向外走，到門口又扭轉頭瞧店鋪。潘必成已擠在兩個孩子身旁，嘻嘻哈哈談笑。

戴眼鏡的跨上走廊大聲說：「不是老闆，誰相信？」

老闆娘使勁坐在矮櫈上，又伸手去摸籮筐中的鴨蛋。白蛋皮抹上燈光，剝落的緋紅在眼前搖晃。

明貴說：「妹妹，妳接著講嘛！」

潘必成拍著蓮花肩膀。「想想看：最精采的一段，不要講漏了。」

蓮花的右手食指，塞在嘴裡；一對大眼珠，向著燭光骨碌碌翻滾。「後來，那個壞蛋，和別人打架。後來壞蛋把人打死了，就逃跑，有不少警察在追。後來，好緊張啊。後來壞蛋跑在馬路上，被車子撞死了。後來，那個漂亮男明星和女明星就結婚。」

哥哥抓著腦袋。「如果不撞死怎麼辦？」

「那是電影啊！我怎麼知道。你去問電影院老闆好了。」

潘必成大聲說：「不撞死，就不叫『天作之合』了！」

老闆娘提高嗓門。「妹妹進去，讓哥哥做功課。你還沒有說出高茂昌在什麼地方？」

小孩聽從媽媽的話，一個進去，一個拿起原子筆，潘必成雙手插在夾克口袋，笑著走近問她。「妳不要問他。他喝醉酒了，住在甘泉旅社，今晚不回家。我和他有了協議，他早上告訴妳，要妳接待的客人就是我——」

老闆娘的右手一揚，一個鴨蛋便向潘必成的臉上飛去。他的頭一閃，蛋殼便跌落在櫃架角，蛋黃和蛋白順著架腳往下流，黏漿慢慢浸漬在水泥地上。

老闆娘大吼：「明貴看店，我去找你爸爸！」

多角的玩具

鼓聲喇叭聲……在耳中嗡嗡地響，難道不會停止？天空漆黑，細細雨絲纏繞他滾熱的額角、面頰，酒意減輕點了？和新郎握手說再見。謝謝。剎那的時間，已飄颺得很遠很遠，還在心中懷念什麼？未來的世界是晶瑩的、新鮮的。不，是茫茫長夜。

身旁的男人女人嘈雜地談論婚禮、服裝、酒餚，像對吃喝鬧嚷還沒有盡興，更大的喧譁聲遮蓋了一切。轉過頭去，對街燈火明亮，鼓樂聲是從右邊帳棚內傳來的。人影晃動，熱氣翻騰，穿白衣裳的人很多。不是結婚禮服，那是做喪事的人們匆忙地走來走去。誰死了？死去的人還知道喜歡熱鬧，值得大吹大擂？樂隊吹奏的調子爲什麼會和舉行婚禮時一樣，鼓手、喇叭手受過相同的訓練？

你已離開結婚禮堂，現在是走在街道上。你不認識那些觀禮的男男女女，他們也不認識你。唯有新娘認識你、了解你；你是不該來參加她婚禮的。前面做喪事的人全不認識你，你也不認識他們，你當然用不著參加他們的葬禮。新娘了解你有什麼用。她和新郎一道敬酒時，一直沒有看你。對了，新娘不能東瞧西看，應該裝成嬌羞的樣子。她不會知道你坐在哪個角落，直到你故意喊「新娘沒有喝酒」時，她才用眼角偷窺你一下。她聽得懂你的聲音。你的呼吸和身上的氣味，靠近她時，她就該嗅得出。在她瞥視你的一瞬間，你認爲那是代表同情、憐憫、感謝、鄙視？

當時他就要揪住她，用滿滿一大盃酒灌進她口中。新娘不會喝，人們也不會讓你這樣做，定有許多親友勸說你、拉住你，但你可以發表意見。你會把新娘變心的經過全部報告出來。誰會知道有什麼事發生？新郎會氣得離開她。新娘會罵你，哀求你——然後你昂著頭走出禮堂，表示出一百二十分的輕蔑。這是報復，報復就是報復，誰能忍受精神上的刺激？

他大聲喊：「我要報告一件事，大家知道嗎——」大家的視線集中在你身上，只要你說出事實，勝利就屬於你。可是勝利對你究有多大作用，別人對勝利又是怎樣感覺？誰會相信狂人或近乎狂人的胡說，你快變成流浪漢了。爲了考慮要不要參加這個婚禮，在街頭躑躅了二個半小時。這條街的盡頭，圍了許多人。橫豎沒有事，爲什麼不湊湊熱鬧。

天陰沉沉的，冷風瑟瑟，大家都縮著頸子。一個穿著制服的警察在人群外面踱步。

人們男人女人還有背著書包的學生全縮著頸子擠在帳棚旁邊。帳棚撐架在簷下，很低，彎腰才可以看到裡面躺著一個女人，光裸著兩條長腿，穿了一條紅底白花的肥大短褲。一個男人俯身用兩隻手推撫捺揉她的小腹。不會是調情，女人皮膚黑黑的，沒有光澤，也不是穿緊綳綳的三角褲，她不是時髦的新女性。擠進一點，渾身動的男人臉轉過來了，四十多歲，乾枯、矮小，面無表情。穿在女人身上的毛衣被堆集在胸脯上，很高。是眞，是假？頭髮蓬鬆，面色黧黑，雙眼睜大，沒有歡樂或是痛苦的表情。帳棚內還圍站著高高矮矮的男人。大家都對這個躺著的女人感到興趣？有人說，是服毒自殺的。

他問：「死了沒有？」

另一個人說：「你自己看吧！」

他不要再看，略想一想就知道那女人是死了。可是，活著和死去有什麼分別；勝利和失敗又有什麼分別。她很年輕很健壯腿子長長的，是個能跑能跳會說會笑的男人肯在她身旁圍繞旋轉的女人。生命在她心目中已成了累贅，要享受孤獨寂寞的日子把自己關閉在墳墓裡是智者還是傻瓜？大家爲什麼要圍著看她，想從她身上獲得一些精神上的滿足？男男女女大人孩子都有這奇怪的慾望？死人如果知道，該有什麼感想。會自動站起身來宣布：我不自殺了，你們該滿意了吧？

在帳棚內的人宣布了，他們要問一問家屬。屍體（現在不是活的女人了）被用白底紅花的被單遮蓋起來。看熱鬧的人依依不捨的散了不少，還剩下一些對「故事」有興趣的人，繼續圍繞在帳棚四周。

臨時法庭在屍體不遠處走廊下搭成。有一張長書桌，三四張木椅。一個三十歲左右的年輕人開始詢問年齡籍貫住址，另一個從口袋中掏出一大疊紙，拔出自來水筆，大模大樣紀錄著。

「她爲什麼會死的？」

「服毒的。」

「你怎麼會知道是服毒？」

「昨天晚上十一點多鐘，她又吐又瀉。」年輕人說：「她說她是吃了藥粉——找了幾個醫生，都沒有找到。」

「她爲什麼要服毒？」

「因爲她不和我母親講話，我勸她，她不聽；所以吵起來。我打了她兩個耳光。她也打我一拳……」

問話的人臉上沒有表情，坐在他身旁的人，不停地紀錄。他們相信死者丈夫所說的話嗎？這樣輕易地推卸責任，死去的人會怎樣想法。他是不相信這一套的。那是一個英俊的青年，討了一個長得比他差的太太。夫妻之間不和睦，他已不愛她，可能愛上了別人，甚至會和另一個女人同居。所以她覺得無法再活下去。他以前認爲自己需要她願意和她同生共死。看樣子結婚才二年，說不定只是一年半，他已厭棄她了，任她去服毒。醫師眞的會找不到嗎？他說，服毒大概是在昨晚九時，到今天早晨六時醫生才來注射。是誰的錯？誰的責任？她爲什麼要嫁給他，他爲什麼又要娶她？是荒唐的盲目行爲？新娘以往也是盲目的？

現在，她要出嫁了，婚禮在下午六時舉行。爲什麼不能去觀禮？是她邀你去的。因爲你是她的朋友，愛過她的朋友。將來也可能是逼她服毒的朋友，你們是無法結合的，從最初認識時起，你就認爲是一種傷害自己的愛情，爲什麼要那樣認眞？她自己燒了許多精緻的小菜請他。他一向說她燒的菜是非常可口的。吃了以後，她對他說，我們還是很要好的朋友，但是我們不能相愛，不能結婚。可是妳以前說過，妳不能離開我，妳不喜歡妳的未婚夫。那沒有辦法啊，爸爸媽媽不答應。他們說，我們的生活相差太懸殊，是不會幸福的。難道妳沒有自信心嗎？妳眞的嫌我窮？可是，我覺得，覺得做朋友好些，你不會介意嗎？介意，介意。我知道妳了，妳是女人，當然愛虛榮。過去的感情妳就一筆抹煞？好，好！可是，我還是像以往一般的愛妳。妳不相信嗎？看吧——他連跑帶跳的衝進廚房，抓起一把她剛用它切肉的菜刀，把左手的小拇指剁去一截。然後捏著手指再跳進客廳。她驚叫起來，他暈了過去——

在喜筵上沒有暈倒。對著新娘舉起酒杯，斷了一截的小指，尖禿禿的翹起。新娘會看到那隻手指？會想起以往的愛情？他要大聲告訴大家了。新娘愛過他，他也愛新娘，直到此刻還在愛她。他們之間的關係，已超過了友誼的程度，他們曾經互相占有肉體和靈魂。大家聽到他的話將是怎樣驚奇？面上的表情都嚴肅起來，裝著不要聽的樣子；可是內心急著希望你快說下去。在散席以後，出了禮堂就多了不少談話資料，愈談愈起勁，唾沫星子濺得很遠很高，噴射在對方的臉上。走到家了，一邊脫衣脫鞋，一邊大聲告訴太太，喂，妳知道嗎，一件天大的笑話。新娘以前的情人，出來算舊帳，敲愛情竹槓——可是，他沒有敲的意思，沒有任何目的。他希望新娘記得他，在喜筵席上，在新房內的床上仍不忘記他。新郎也會永遠記住他的話，他的影子。新郎會想，他是一個勾引她的壞蛋，以後不准走進我的家；婚後，他可能還會引誘她背叛丈夫。他不是一個正人君子，是色鬼，下流胚。為什麼會在我們舉行婚禮時來搗蛋？他要毀壞我們的家庭幸福？使我們的婚姻失敗，然後他再插身進來？她眞是一個不貞的女人嗎？婚前不貞，有了情人，誰會知道她婚後生活怎樣？對，他要考慮。這麼多人，她的醜史張揚。蕩婦啊，書香門第糟蹋了，爸爸媽媽會氣成什麼樣子？明兒他還有臉見親友同事？他們問新婚快樂嗎意思是說新娘是不是完璧？烏龜王八你的臉被人抓破了。不能，不能丟臉，再不要和她共同生活，宣布放棄，宣布婚禮無效。各位親友，我很難過，很抱歉。我不了解這位美麗的新娘，有如此高貴的歷史。現在承這位勇敢的厚臉的先生，恕我不知道尊姓大名，提出的紀念性談話。所以宣布婚禮無效，以後男婚女嫁各不相涉，流淚、奏樂、吹喇叭，黑色的「勃魯斯」，是葬禮進行曲。哀怨、淒涼、完結。鼓掌、嘆息。哭泣嗎？憤怒嗎？大可不必。新郎去了，沒有關係。我是勇敢的厚臉的先生，願意接替新郎的位置。妳還愛我嗎？願意嫁我嗎？這時候求婚，未免太荒唐，但是，新郎——遺棄妳的男人說我很勇敢啊！妳這時再考慮時間太久，就失去結婚的機會。失去機會一次，就永遠抓不回來了。那就是說今天丟的面子，永遠無法補償，現在和我結婚，可以證明愛情的忠誠偉大。呸！這就是你的目的，眞下流，你要使她永遠生活在痛苦和恥辱當中，永遠忘不了你這流氓，所以想拆散他們的婚姻，要在這時宣布她的醜史，然乘人之危，使她在屈辱中不得不求你——誰會知道事情有多少變化？新娘的父母出來干涉。新郎對準你的鼻子打了一拳，說你侮蠛他的太太。觀禮的賓客蜂擁而上，圍住你，拉你、推你。說你是瘋子、神經病，要送你進瘋人院，有道理說得清嗎？那是次要的問題，最主要的，是你鬧得她丟臉，婚禮混亂，聲名狼藉。誰管後果呢？需要的是報復，報復。她會像你切斷手指那樣痛苦嗎？你住在醫院裡，她曾寫過十六張紙的長信給你，大概有五千字吧？說她不能和你結婚的理由；但還願意作朋友。坐著汽車來病房看你，抱了一大束鮮花，代替愛情與憐憫？探望一次就不來了，覺得不能再和你糾纏下去，能早點斬斷情緣最好——痛痛快快結婚。但他要在此刻宣布。

「你們知道吧？」他大聲重複著。禮堂中所有人都把視線集中在他身上。新娘用一種困惑的疑懼目光望著他，像不知他要說些什麼話。這時他忽地覺得自己偉大起來，而她卻是那樣渺小，渺小得連本身的命運都捏緊在他手裡。勝利的快感浸透了全身，見眼前觳觫的羔羊，便用不著宰殺了。他說：「新娘很會喝酒啊！」

大家說：「好，新娘一定喝這杯。」

嘻笑鬧嚷都遠去了，鼓聲喇叭聲響著，新郎說再見，新娘也說再見。他不記得自己是怎樣說的了。但是，那實在無關緊要。絡繹的伸手給新郎，他被興奮和熱情沖昏了頭，絕不會注意別的客人，不知姓名關係感情的陌生人說些什麼。他永遠想不到這陌生人曾是這樣的影響到他和他妻子的幸福。可是那已成過去了，一切靜謐如常，雨絲飄繞，鼓樂鏗鏘，誰會記得你這個孤獨而又寂寞的人，順著街道漫步，聽那些吃畢喜筵的客人絮絮叨叨。該參加對面的喪禮行列嗎？誰都不會干涉你阻撓你，你是死人的朋友。如果不相信，可以去問那失去靈魂的軀殼。誰有那麼大的本領呢？

他橫過馬路，向對面的高大帳棚走去。鼓樂的聲浪敲擊著他耳膜。踏著節拍一步一步是婚禮進行曲？樂隊每個人穿著紅色上衣、白長褲、打黑色領結。兩眼鼓得很大瞪著新郎新娘，在拉長的紅地毯上冉冉而來。那是一條漫長的旅程，從出生、結婚直到老死，是每人必經的崎嶇大道。在紅地毯上引領著新娘向前走的應該是你；但現在卻是那又醜又矮的嚴肅新郎。他覺得很快樂很得意嗎？在情場中他是一個勝利者，因爲他有金錢、地位、事業……而你什麼都沒有，只好敗下陣來。這是誰的錯誤、誰的責任？

新郎新娘並排站著，男女儐相分列兩旁，司儀對著「麥克風」大嚷。他什麼都聽不到，只見人影晃動。不，鼓聲，洋喇叭聲，大提琴聲……在耳中嘈雜鬧嚷。賓客們都扭轉頸子，坐著立著面向著通上電流的紅通通的「囍」字，嘰嘰喳喳地談論。是讚美他們「佳偶天成」，還是嘲諷他們「同床異夢」？這是一個多麼滑稽有趣的場面。

女方主婚人講話了，謝謝大家。一副得意的自負的樣子。他眞要走上前去扯他下來，打他兩記耳光。問這老不死的爲什麼要阻撓他們婚姻？爲什麼會有滿腦子的現實的勢利思想？他的女兒曾對你說，我的父親反對和你來往，和你親密的來往；但我不在乎。年長的人。總要找出理由反對下一輩兒女們的行爲的。我要反抗。你會和我一道反抗嗎？當然，當然。我已和那工程師訂婚了，但我不喜歡他，不願意嫁給他。我完全明白妳的心境，同情妳的遭遇，沒有愛情的婚姻是痛苦的，可是沒有婚姻的愛情更會傷害別人的心靈。不，不會，小白兔，她說。你要什麼就有什麼，我的心，我的身體，我的身體每一部分，你還感到不滿足？小妖精啊，妳眞是小妖精。我們已違反社會道德了。我們不該這麼做的。我不要妳這片刻的肉體，要妳永久的心，妳會給我嗎？給，給。不要想得太多。多想是你們男人的毛病。以後的事誰能料想得到呢？

她和新郎並肩站著聽爸爸演說，是早已料想得到的事，頂多不過是時間的遲早問題。以前和你來往，那是她生命河流中的一個浪花，刹那間就會變成泡沫。你的影子就會在泡沫中消逝，消逝……甜言蜜語，赤裸的肉體，黑色的風，搖滾音樂，抖顫、甦醒。都成過去了，一種多角的玩具，在她手中跌落。你還要懷念什麼？

她父親找你談話，是老故事了。小說、話劇、電影裡都描寫過。是爲了年輕的下一代幸福。天知道幸福是什麼樣子。我們家裡歡迎你來玩，時時刻刻都歡迎。你需要像穿的吃的之類，只要說一聲，一定辦到。唔，我什麼都不要，只要你女兒。你這樣看得起我女兒，我眞感到驕傲——聽聽，像電影明星的台詞吧？不過，太遲了，她已愛上了別人，再不會愛任何異性朋友。可是，事實告訴我……我們不要扯得很遠。你拿什麼養活她，你會使她獲得生活上的滿足，一切物質方面的享受？可是，一個人的生活，除了這些，還有許多條件……你的「可是」太多了，不合現實環境。她年輕不懂事，一時受了騙上了當。現在已經覺悟了。我勸你放開她，鄭重地告訴你，你趕快離開她。可是，可是我要她親自對我說。不難，不難，那還不簡單。她會明明白白地告訴你，她以往是錯了。你不相信？那你是太傻了。她的教育程度，她的思想、看法都比你高明得多——

他完全相信了。她披著白紗，捧著大束鮮花，裝滿勝利的滿意的感覺，站在證婚人、介紹人們的前面；而你只能蹲在禮堂的一角遠遠地瞪著她。你是失敗了，一開始，命運就注定要失敗，你有什麼力量反抗？

他霍地站起，斜著身子從人縫中向前擠。被擠開的人，用皺著眉頭的表情拋給他一個不屑的瞥視。誰管那些？人在極端痛苦的時候，些微的創傷就不值得注意。

男人、女人、胖子、瘦子，都擠落在他身後了。他究竟要幹什麼呢？他不知道。主婚人的「謝詞」還沒有完。你眞要走上前去。把他從上面拖下來嗎？人聲鬧嚷，誰都沒有說些什麼。他講的是「老生常談」。如你上台講話，別人就很感興趣了。諸位來賓！我以準新郎的資格，向大家報告。新娘本來是該和我結婚的，因我僅是一個起碼的小職員，不怕大家笑話。我沒有地位，沒有金錢，儘管新娘愛我——當然不是吹牛，有事實證明。新娘自己肚裡也明白。還是結不了婚，眼看著新娘披上白紗……

沒有意思，沒有意思。同樣的平淡無奇，誰願聽這老故事？嫌貧愛富，小說裡寫得很多也很精采，誰愛聽。擁護勝利的英雄，承認既成事實，是人類的通病。沒人同情你，也不會細心的聽你。嗑瓜子、噴菸圈、嘻嘻哈哈，你失敗是活該。做個搖尾乞憐的樣子，趕快跑下台。不，他一定要告訴大家。大紅喜幛飄蕩，灰白色煙霧裊繞，人們的談話聲會突然停止。於是，你繼續大聲說，大家一定看過報紙上的新聞，男女在旅舍幽會，被另一男友撬開房門，抱走女人衣褲，只好打電話回家，要媽媽送去衣裳。知道吧，那場戲的男主角就是本人，女主角就是站在這兒披著白紗的新娘——瘋子，拖下去。好，再來一個。打啊混帳趕快叫警察。拉走神經病啊。太妙了。讓他講下去多好，笑話天天有，沒有今天多。拉開新娘啦。這成什麼婚禮啦，眞滑稽。嘰嘰咕咕，喧嚷熱騰。每人眉宇間洋溢著歡欣，一陣冷落的掌聲。樂隊的鼓手、喇叭手也在談天說笑，誰都沒注意你。你沒有上台，仍和新娘並排站著。這是你上台的機會了。去啊，上去啊！

眞是爲了報復才要上去的？是不是值得報復？報復的價值是多少？後果如何？失意、悲慘、婚變。人頭晃動，萬點星光飛舞，新娘的喪服雪白——是禮服，不要胡思亂想。

司儀的大喉嚨又響了：「新郎新娘向——」

完了，一切都完了。「來賓致詞」的節目已過去，你已失去講話——失去報復的機會。機會在手中，一瞬即逝，永遠抓不回來。婚禮結束了，她已是別人的妻子，與你毫無關係。你當然要敗下陣來，順著音樂節拍，一步、一步向後倒退，倒退。

不，他已橫過馬路，仍一步一步向前行進。音樂不對胃口，像合不著腳步。難怪啊，這是喪禮的奏鳴曲，表示悲哀、悼念，毋須顧著你這無關緊要人的步伐。他靠近帳棚站著，花圈、屏幛橫七豎八地斜倚在帳棚的四周，黑帽子、白上衣的吹鼓手很起勁地演奏著。他們和婚禮中的樂隊一樣興奮愉快，絲毫沒有惋惜憐憫的意味。因爲死去的人與他們沒有關係。

人們來來往往，生氣蓬勃，比躺在矮小帳棚內自殺的女人四周要熱鬧多了。這兒究竟死的是誰呢？噢——馬太夫人千古。可能很老了，死後哀榮。人都該活到很老，接受樂隊、輓聯的鼓吹和讚美。那麼，她爲什麼要自殺呢？演奏停止了，準備換新的曲子？希望那是個新的開始。

開始是在舞會上。你老是坐著幹麼？跳呀，是聖誕節又是新年，痛痛快快的玩一下。女孩子很多，隨便請啊！音樂又開始了。蓬——拆，蓬——拆，綵條上的金鈴，多角星閃閃發亮。牆壁上大寫的英文字聖誕和新年快樂。牆壁旁斜倚著一個女孩，蹙著眉頭凝望翻飛的裙子，像是很憂鬱。願意共舞一曲嗎？輕盈熟練，進退迴旋姿態優美。銀星金鈴子更亮，人影翩飛繼續跳下去，一支接著一支曲子。洋喇叭叫著，鼓聲不斷地在耳中響著擁著她走到她家門口。謝謝，再見，明天來玩哪。明天的明天就來參加她的婚禮。

可是，現在他卻站在這帳棚旁。爲什麼聽不到鼓聲了。燭光搖晃，縹緲的白霧迷濛。母儀足式，鸞鳳和鳴，天作之合，駕返瑤池。紅底白花的短褲，女人的長腿。大紅的長地毯，白紗。蓬——拆，蓬——拆。新娘乾杯。女儐相沒有喝。新郎說。謝謝，再見。新娘斜著眼睛看你一眼，發出很難解釋的微笑。是感激？回憶？憐憫……？他無法知道。

喇叭聲又響了，是一種淒涼的調子。霏霏細雨，銀白色的頭髮，送喪的行列，檢驗屍體的法官，走上紅地毯的新郎新娘都很淒涼。他是沒有理由站在這帳棚旁的，聽樂隊演奏就能補償自己失敗感覺？失敗的究竟是誰？是新郎還是新娘？新娘對你發出會心的苦笑。你眞認定失敗了嗎？假使你報復了，情形或許不同。但你現在佇立雨地中聽樂隊演奏。一年前手捺門鈴準備進入舞會場時，月亮、星光都不見了，屋主人探頭出來。說：「歡迎，歡迎，聖誕快樂，新年——」

他離開帳棚，繼續向前走，鼓聲喇叭聲仍在耳中嗡嗡響著。謝謝，再見，馬太夫人，千古。再見。

大圓圈

柔柔的雨絲飛舞在半空，輕舔著司馬華江發燙的面頰。他拉一拉圓邊藍雨帽，不想打開紮得緊緊的黑雨傘。

他雙手插入黃得發白的雨衣口袋，雨傘柄掛在左臂彎，順著人行道搖搖晃晃向前遛達。

前面有很多男男女女，摻雜在大大小小的車輛中間，秩序亂而擠，有如電影院散場。他的腳步雖然慢下來，但一忽兒便被捲入人潮，絞成一股巨浪，向敞開的大門湧進。他不知道這是什麼地方？也不知道爲什麼有這樣多的人？走在他身旁的是一對青年男女。男的穿黑色西裝，縮著頸子對小眼睛的女人呢喃：「回答啊！妳還沒回答我的問題。」

女人的高跟鞋和尼龍襪明亮，茶色洋裝把身體裹得像粽子。臉上原泛著笑意，突地繃緊面皮直著頸子叫：「你囉嗦，你要我回答？在這時候，在這種地方？」

「爲什麼不可以？這是我們的好機會。等一會兒，我們便——」

男的聲音低了，橫跨半步，靠近女人耳朵嘰咕，彷彿怕被司馬聽到。司馬知趣地落後一步，再一步。細細的高跟在抖顫，隱約聽到女人的咯咯笑聲。

司馬把雨傘抓在左手擺動當拐杖。挨在他右臂的是戴眼鏡的胖子，拍著禿頂的中年人肩膀。「掉筆頭寸怎麼樣？」

中年人扭轉頸子，臉上鍍有得意的神情。「您老跟我開玩笑？」

「眞的，又賠、又輸。支持我的商業鉅子又倒下了，眞憋得慌。」厚厚的巴掌又拍了一下。

「等這兒的事完了，我們研究研究。」

胖子仰頭攢回一個大哈哈，突地瞥見司馬的目光，便把臉色一沉，割斷笑聲。「一言爲定！」

司馬把雨衣領子提高，但並不是爲了遮雨，而是把面孔藏起，不願讓陌生人見到他——他也不願見那許許多多奇形怪狀的臉譜。

前面是個大敞篷，人潮直湧進去。還有人在旁哈腰舉手，作邀請接待狀。

他從帽簷下偷窺鄰近的人們，都擠著眉毛，湊緊鼻子，裝成沉重而又悲傷的樣子。

司馬也只好低頭慢慢跟進。

敞篷內掛著兩列長桌，鋪上白布。左面有年輕的女孩子，舉起毛筆，請大家在有藍長格的簿字上簽名。前面的人順序揮動毛筆，沒有爭先恐後的現象。輪到司馬時，他抓住毛筆覺得發慌：自己的字跡難看，偏偏又是四個字，和別人的名字排在一起，將是多麼的不調和。

俯伏桌沿，描到最後一筆，倒抽了一口冷氣。豎直脊梁，便滲出一身冷汗。原來在他前面簽名的那些人，都橫越至右面長桌繳款。司馬捏了捏自己上衣的胸袋，要替未出生的嬰兒買床的錢仍然埋在袋底。看他們踴躍繳錢的樣子，像是買球票，或是購配給米。

這兩樣東西，他不需要——任何物品都不需要，他是從家中出來買小兒床的，當然用不著繳款。

司馬在滾動的人叢中踟躕，像浮在浪頭上的一小段木塊。他有極大的自由，沒人催逼繳錢，任他在洪流中顛簸。

他被捲到長桌的盡頭，有一個曲線很美的女孩子，悠閒地散發著一小朵一小朵白紙花。

右手的拇指和食指捏著小白花佩帶時，才發現自己仍穿著又霉又皺的破雨衣。而其他的男人都是筆挺的西服；女人不是穿裹緊的旗袍，便是一襲高雄的洋裝，沒有人攜帶雨具。雨下得很小，敞篷有頂，更不會被淋溼。

興起脫下雨衣、雨帽的念頭，但後面的人潮湧來，不讓他有喘息的機會。小白花只好別在雨衣的前襟。

司馬踏上大廳時，才瞥見敞篷的一角，散亂的坐著一些白上衣、綠長褲而頭戴栗殼式圓盤帽的吹鼓手。他們正敲著鼓槌，舉起洋喇叭，抱著手風琴，吹吹打打拉拉。他們的肩上帽簷上都綴滿了勳徽和綬帶，誇大地表示著榮耀、莊嚴。

他只能給他們暫短的一瞥，目光立刻被四壁續紛的錯綜的輓聯屏幛吸引。腦中突地浮起從大門開始，排列的那許多又大又圓的花圈。

這是殯儀館！司馬華江打了一個冷顫。他不該隨便跑進來的。來了以後又能做些什麼？

靈堂正中，懸著二三尺長的巨幅相片。相片中的人，有兩撇硬挺挺像「鬍子仁丹」中的八字鬍。這時正面露笑容，俯視著黑暗暗的一大堆人。笑時，眼角的魚尾紋摺得很深、很長，眉毛和鬢髮都呈銀白色，看起來在八十歲以上，難怪他會表現出得意的神情。

可是，他爲什要站在這兒弔祭？他並不認識死者，死者當然也不認識他。

他左手搖動雨傘柄，掉轉身軀想回頭。但他身後正挨擠著密密厚厚的人牆，沒有空隙讓他鑽出去。只有靜心等待了。

在司馬左臂的矮個子，伸手搗前排人的腰幹。前面的人扭轉頭子四目相視。後排的人咳了一聲：「你覺得怎麼樣？」

前排的人擠一擠眼睛。「早該死了！又是銀行董事長，又是煤礦總經理，又是貿易行的什麼、什麼；名和利帶得走？」

找話談的人蹬一蹬腳。「我指的是場面。」

「備極哀榮。臨死還不饒人，把我們抓來——」大概看到司馬注視的眼神了，話鋒突轉。「留下大批遺產，要捐給慈善機關。」

司馬華江的目光飄向門口，見走進一位頭髮向後梳，脊背微駝的老人，臉上各部位器官都直愣愣地不動，非常嚴肅而認眞。一路哈腰、握手、點頭。態度安閒從容，彷彿認識來這兒的所有人。

身材短而瘦的司儀，揚起職業性腔調。「公祭開始——主祭者就位！」

駝背老人配合得正好，剛走到我們這群人前面。左右都推他一把。他挺著脖子向前跨一大步，已站在一群人的最前頭，像天生是演主祭的角色。

主祭莊嚴肅穆，接受司儀指揮。敬香、獻花——香和花固定在靈前，也是職業性的

——再把執事者手中磁酒杯擎起，傴僂著繞個半弧，傾酒（也可能是水）於光滑的地面。動作嫻熟，姿勢優美，司馬不由得對主祭的老人增加若干敬意。

樂隊的「吐林篷」連連喘氣，增加了不少悲壯和淒涼。大群紮麻布服的孝子孝孫，分列兩旁，匍匐似筆架，連連向公祭人叩謝。

司馬答禮時，才發覺幾何圖形的雨帽，仍覆在自己天靈蓋上。舉右手扯下，再慌急地彎腰點頭。

這時，他眼角瞥見進門時碰到的那對青年男女，正拉著手，弓腰相視嬉笑，像根本沒有聽到司儀的喝唱。

伸直腰桿，伴他公祭的人們已炸彈似地散開。又有另一批男男女女大大小小，堆集在靈堂前。同前一批的人一樣，司馬都不認識他們。

戴上雨帽，迅速翻轉身，沿牆根向外走。他看到主祭者眼中注滿了淚水。

樂隊仍有氣無力地哭號。他扯下胸前的小白花，甩動雨傘，在人叢中躲閃地踏著節拍，步出殯儀館大門。

雨絲截成無數亮晶晶的細星星，在灰濛濛的霧靄中閃爍。司馬跨上停在路旁的公共汽車，駛往家具店購買嬰兒床。太太已迫近分娩的時刻。他在殯儀館逗留得太久了。

店裡各種形式的嬰兒床排列著、堆疊著，連牆壁和擱板上也掛著放著許許多多小床。

買小床的人很多。還有太太抱著軟軟的嬰兒搖呀搖的，丈夫在床堆裡打轉，和女店員講價，彷彿立刻等床安眠。

司馬華江迷失在床陣中。籐製的不美觀，尼龍線織的不牢固，木板拼湊的太笨重……他不知道如何爲未出生的一代，選擇安身之所。

終於決定買一張鐵架小床，好讓連續而來的新生命，不斷棲息。

床運到家。肚皮隆起如抱瓦甕的太太，也讚許他的構想。司馬華江很開心，興致勃勃把小床架在臥房內，等待嬰兒誕生。

他躺在床上，看著那美麗光滑的嬰兒床，甜蜜地睡熟了。

夢（之一）

雜沓的腳步聲，還有擾攘的叫喊聲在耳鼓擂鳴。我睜開眼便聽到誰冒了半句：「東西全被偷光了！」

我猛然一怔，全身似乎在抖顫，接著便清醒過來，扭亮床頭電燈。沒來得及叫妻，便衝出房門，躍向客廳。

家中大大小小已麕集在大哥房內，我對自己的遲到，從心底升起愧意，急忙找話掩飾。「沒人聽到動靜？」

誰都不理睬我。我只好俯著頸子，在空悠悠的大房間裡躑躅。大哥房間原來特別擠。雙人床、衣櫃、五斗櫥、三面鏡的梳粧台，以及疊成寶塔式的各型皮箱……塞得使人透不過氣來。如今僅有幾張碎紙片，像凋零的枯葉，蜷縮在牆角，也有些癱瘓在地面。

我用拖鞋的右腳尖，踢一片菱形紙塊。見有「生存」、「用力掙扎」、「人倫」、「道德的標準」……等字跡。像是一頁信紙，被撕去頭尾，只留下殘肢斷骸。

父親的面色黝暗，如敷了一層灰粉。六十三歲的老人，總認爲自己在睡覺時警覺性最高。他把床架在大門口甬道，擔任「守衛」的工作，不讓人非法出入。現在，有那樣多的笨重家具被搬走，小偷定是打開大門。父親怎會沒有聽到聲響？

人們在擾攘、嘟囔、埋怨。但誰也提不出辦法解決困擾。有人主張報警，也有人反對。認爲東西既被竊走，只有自認倒楣。驚官動府，不一定能追回，何必多此一舉。

把中學生制服穿得歪歪斜斜的妹妹，突地高聲大叫：「大哥呢？」

你瞪著我，我瞪著你。人的眸子都浮起一層薄薄的雲翳。每人的面孔似乎都很熟悉，更像從沒見過面。迷惑的情景逐漸加濃，房間裡醞釀出灰濛濛的霧氣，形象模糊。我一下子數不清屋裡有多少人，人們似乎脹飽了屋子。我自己也不知身在何處了。

每人臉上的表情，剎那間變化萬千。大哥曾和我們圍在一起吃晚飯，再悠悠地扯東話西，然後關房門睡覺；現在怎會不見他的影子。

大哥對家庭——當然是對父親不滿意。他不願在自家的百貨店裡照顧生意，希望父親撥出一筆資本，能在本埠或其他城市開一爿分店，好發展更大的事業。

父親對於營業計畫和帳務處理，都是自己決定，不採納別人的意見。而大哥認爲父親的頭腦太舊，不懂得企業管理，常常因爲雙方意見不合而爭辯。因此父親更賭氣地不讓大哥出外求發展。大哥一直表示在家中受了委屈，抑鬱不得志，所以對家中任何事，也懶得動腦動手。

大嫂白天回娘家，小姪兒和小姪女也跟著同去。大哥送走他們才回家的，誰都記得很清楚。怎麼他會和家具同時失蹤？

十二歲的弟弟，對財物被竊，毫不感到難過和惋惜，仍在人隙中跳跳蹦蹦。他抓一把五彩的玻璃彈珠，在滑溜溜的曠地上滾來滾去。我眼見一隻花花的圓球，翻滾入門後的牆角。

弟弟眨動眼瞼，旋轉脖頸，四處張望尋覓，仍沒有找到那偷偷掩藏起來的小玻璃球。弟弟抓腦搔頭，似乎很失望、很生氣。

我對弟弟那樣短視，覺得很可笑。便大聲嚷：「弟弟，弟弟，在門後！」

大家側轉頭，驚訝地注視我。當大家明白我在這重要時刻，卻去關心不值一毛錢的玻璃珠，立刻把輕視和不屑的目光擲向我。

我也有點不好意思，赧然地低下頭。

忽然聽到撿彈珠的弟弟大聲嚷：「你們看：這裡有一張紙條！」各種形式的鞋尖，向一個目標集中。我也跟隨在大家身後。

一張紅方格的紙條，貼在靠房門的板壁上。打開門，門扉正遮蔽它，使人無法發現。

上面橫跨著方格，寫了幾行歪歪斜斜的字：

爸媽：我走了。我把我所有的東西搬走了。事前我沒有徵求同意，怕您們不答應我的請求。不得已，我才這樣做。請寬恕！慢慢地我會寫信回家。

立基上

第一個大叫的是爸爸。「忤逆！不孝子！養大了，翅膀硬了，不吭不聲就飛走。哪裡還把老子放在眼裡！」喘氣，跳腳。暴躁的神情，比吼出來的話要使人懼怕得多。

媽媽的眼淚汩汩地流。還用抽抽噎噎的啼泣，來表示軟弱心腸。「立基為什麼不對我說？我會答應他要求的啊！他人在我們身邊，心不在有什麼用。現在，我永遠看不到我的大兒子和大孫子了——」

「要這種兒孫有什麼用？」父親握緊拳頭，向半空揮擊一陣，再彈回身體，逼在母親面前。「我要登報警告他，限他三天回家！」

媽媽停止抽噎，甩著鼻涕，凝視著爸爸。「立基已不是孩子了，有兒有女。你還要登報丟他的臉，不讓他做人處事？」

「丟臉就算完了？」父親雙手急搔著花白的短髮。「在限期內不回家，我要和他脫離父子關係！」

「你敢！是我養的兒子。過去你就錯了，壓迫他，阻撓他，把財產勒在手裡，不讓他有發展，有前途！現在還要一錯再錯錯到底？」

「我做的事，誰也不能管！」

「我要管！」

「……」

爸爸媽媽一句句吵起來。全房間的人，面孔的線條都凝固得像塑像。不便插嘴，也不便離開。

我突地發現這場面很滑稽。大家（連他們兩位老人家在內）似乎忘記爲誰爭吵？爲什麼事爭吵？吵的人聲色俱厲；看和聽的人神經麻木。我想縱聲大笑，但看到花白鬢髮的人，氣息喘急，臉紅脖子粗，笑意也跟著消失。

還沒理清自己思緒，兩位深刻著皺紋的老人，居然在這麼多的兒女面前，扭打在一起。未經歷過變故的弟弟，哇地一聲哭號起來。

我又氣又急又難過、躍向兩老身旁去拉。兩手一伸，雙腳向前一跳……

司馬華江睜開眼，打開床頭昏暗的黃色小燈泡。在床上翻了一個身，諦聽片刻：沒有家具搬動和腳步聲。但他心裡仍有微微的懼意——不知道懼怕些什麼？

他坐起身，見妻仍仰身酣睡，西瓜形的大肚皮，似乎在跟著呼吸掀動。

悄悄地下床，司馬打開房門，在六蓆大的起坐間裡轉了一圈，似乎在搜索牆角或籐椅下隱藏著的人。

他覺得有點可笑。門窗關得很緊——司馬又去搖搖大門的球形把柄——不像有人啓動的樣子。而且他家中沒有什麼値錢的東西。穿在身上，吃在肚內，任何人都偷不走。

爲了謹愼起見，他還是拖一張木椅子抵住門。萬一有人推門時，可以發出咯吱響聲。

司馬閂好房門，把紮緊得像拐杖的黑雨傘，從牆角掛在嬰兒車上。

爬上床。看看小方桌上的鬧鐘：時間是二點零五分。

夢（之二）

酒瓶底中最後一點酒，我沒有倒進高腳酒杯，只是將酒瓶口對準張大的喉嚨，咕嘟一聲喝光。

酒瓶往地下一摔，踉蹌地滾了滾，碰到桌腿才頓住。

我雙手扶著桌角站起，用手背擦擦潤溼的嘴唇。對一直愣視著我的妻說：「我要出去一下。」

「這麼晚了，還要出去？」妻也跟著站起，攔在我面前。「你在家裡喝得不過癮，又要到外面去喝？」

扭轉頭子看桌上吃剩的幾粒花生米，在家中吃酒沒有菜，也沒有人陪著喝，確是沒有意思。平時我會到飲食店，也會去找朋友喝幾杯。但今天不是——酒精已在血液和骨髓內爬行，喝得夠多了。

我抓起披在椅背上的外套，套最後一隻袖子時，瞥見妻的眼角含有淚珠，被燈光照得晶瑩閃爍。

「我約定了別人。」我解釋著。「有人在等我。」

她的臉避開燈光，似乎在懷疑話的真實性。「我一個人在家，很怕。明天去不好嗎？」

我用很多話，說明對朋友應守信和不可失約的理由。妻終於讓步——不讓步也不行，我使著性子赴約，她絕對阻止不了，到那時她就很沒有面子。

大門在身後關起，我便揀沒有燈光的、荒僻的街道走。怕妻或是別人尾隨我。

我數著自己的腳步聲，走了很久（隔著一條街道，有轟隆隆的卡車急駛）。忽然，我不知道自己走向何處？也不知道是和誰約會？

是同學還是朋友？是男人還是女人？

一定是異性。如果是赴男友的約，還要掩掩藏藏的怕人跟蹤？

天空有飛機掠過，抬起頭，見機身下有紅紅綠綠的星光。怒吼聲消逝，大地又變成黑烏烏一團。

走著，走著。從大街踅到小巷，從巷底跨過一道小木橋。心中隱約地承認自己走的路線是對了。

跨下木橋，是一個很長的斜坡。坡左面長的是相思樹和琉球松，而右面是一片竹林。

我下了斜坡，順著竹林的小道走了幾步，便站在一棵高大的竹竿旁。

現在我已明確記起，約會的地點正是這棵高聳的枝葉蓬布的大竹竿，它目標最顯著。

怎麼見不到人？是失約了？還是過了時間，別人等不到我，已失望地離開了？舉起手臂看錶，但忘記戴在手腕（戴上也沒有用，沒有夜光裝備，看不到長短針）。

來了，就捺著性子等吧！林中的竹葉，喁喁細語，遠處淺水的池塘裡，有青蛙的低鳴聲。

我身旁蓊蓊鬱鬱，天空都被枝葉遮隔了。伸出右手，叉開手指，看不見各手指間的空隙。

天黑暗得使我不明白自己站在何處。約會的人，怎能看見我？

我走回小路旁，再一棵棵沿著長竹竿數：一、二、三、四、五。沒有錯，我正站在第六棵竹子下。

池塘中的魚在忘形地跳躍。河對岸人家的窗口裡，噴出燐燐的光。我輕拍著前額，默默地想，深深地想，希望從矇矓的記憶裡，拔出那一絲亮晶晶的金線：我將和誰在一起見面。

非常失望。腦殼中像黏了一層絕緣的硬白紙板。裡面的思想、觀念不能跳出，外面的形象及聲響也不能進入。

我枯寂地不知過了多久。有一隻青蛙，骨咚地躍入池塘。那響聲把我從無意識境界中推回來。接著便有一個甩著兩隻大辮子的女孩，衝進我的胸懷。

她喘急著說：「好黑啊，氣死我了，我差點摸不到這個地方。」

看不清她的面龐，但從說話的語氣和腔調，聽出她是梅梅。

我像站在一面又長又大的穿衣鏡前，看清自己全部了。梅梅就是和我約好在這兒見面的人。

可是，到底是梅梅約我，還是我約梅梅，鏡面的玻璃又蒸發出許多水珠——該說是霧氣——又模糊了，在此時此地會晤有什麼意思？我是她爸爸的朋友，她一直叔叔長、叔叔短的叫我。她一直很尊敬我，也很怕我。我在她家裡，總是板起面孔和她說話；她也規規矩矩地坐在矮櫈上聽著。回答時，也是細聲細語小心謹愼。怎麼一下子就這樣膽大了呢。

不管怎樣，她來了，我確是很高興。我用右手撫摩著左邊一條大辮子。「這麼黑，我還以爲妳害怕，不敢來哩！」

「眞氣死我了，媽媽不讓我出來，還是爸爸幫忙——」

我搶著問：「他們知道你來這兒？」

「我才不那麼傻哩！」她身體在我懷裡鑽動著。「你以爲我還是小學生？」

她不是小學生，現在已讀大二了。我和她爸爸是小學同學。她爸爸個子矮小，和我爭吵時，我用力一推，他就會踉蹌地退後好幾步。可是，後來他卻長得非常高大，而且討了一個漂亮的太太。

梅梅的母親，長得美極了。她喜歡穿緊身衣裙，表現出柔和的線條，看起來寸寸都是女人。我經常在梅梅家裡，和梅梅的爸爸聊天，和梅梅的媽媽打牌。慢慢地我分不清到梅梅家去，究竟是喜歡聊天？還是喜歡打牌？梅梅母親是我大嫂，也比我年紀大（但她的肌膚又白又嫩，可以掐得出水來，一點兒看不出老態），我當然是喜歡去聊天。

我看著梅梅長大的。梅梅長得像和她媽一個模子脫出來的。高高的身材，彎眉毛，薄嘴唇，眼珠也是又黑又亮。儘管她已滿二十歲，但不夠成熟，走路時蹦蹦跳跳，把孩子氣全給露出來了。

「妳怎樣騙他們的？」我雙臂夾住她的上身，讓她和我保持一個適當的距離。

「我說我要陪同學去散步氣死我了媽媽一直不相信我的話。」她的語句之間沒有空隙，像一口氣說完。

我想到她又爬高了一輩。

「妳討我便宜？」

「不是。你聽我說嘛在一起玩的人就要忘記輩分忘記年齡你說是不是？」

是的，我要忘記一切。忘記妻眼角的淚珠，忘記梅梅的父母。梅梅就是梅梅，是一個年輕的可愛的女孩子。但我嗅得出梅梅身上有母親的氣息，看到或者說是察覺到她就是母親的化身。

我雙臂環抱著她（當她年幼時，我常這樣抱她的），她也用兩臂纏住我。她綿軟軟的身體，蛇似地在我懷裡蠕動。

天仍然是墨汙汙的一團，但我彷彿看到她兩隻眼睛閃閃發光。梅梅母親的眉毛、鼻子、嘴唇……慢慢的顯映出來，愈來愈接近我的面龐，我氣息吁喘。但仍可以聽到或是感覺到梅梅的心跳。我的臉略略旋轉，避開她的眼睛、鼻子，讓自己的嘴巴發音。

「這樣晚了，妳不怕我？」

「我爲什麼要怕你？你說說看。」

竹葉嗎嗎，蛙聲嘓嘓。我分不清是她找我的，還是我找她的，但四片嘴唇，已非常接近了。

突地有重而急的腳步聲，在我腦中響起。我還沒有能辨別眞相，我們中間插進兩根鐵似的胳膊。刹那間梅梅被摔開，而那雙鐵臂卻箍緊了我。

我看不出那是怎樣的一個人，但嗅得出酒味、菸草味和惡劣的生髮油味——那不是男人的特徵？

不錯，是男人。我從他身上穿的粗布夾克，也感覺出他是個健壯的高大的男人。他的鬍椿子刺得我面頰又癢又辣；他的嘴唇也在找我的……我噁心地偏過頭去，避開那有惡臭的臉。可是，他右臂牢牢鉗住我的肢體，騰出左手摸向我的小腹，一下子就緊緊抓住我的「人之初」。我覺得受了極大的侮辱，又羞、又氣、又痛。痛得我每根毛孔裡冒冷汗，我使盡全身力量狂吼。想藉此提高自己的威嚴，並掩飾被剝奪的那點點自尊。

猛地想起：梅梅仍在旁邊看著我受辱，我以後怎能擺起面孔和她說話。

側轉臉，便見梅梅和抓住我的男人，嘻嘻哈哈地大笑。原來他是伴著梅梅同來這兒的。

我覺得受了很大的欺騙，急忙用力掙扎。但銳痛鑽進心肺……

司馬華江睜開眼，見太太右手正捏緊他的鼻子，左手搖撼他的肩頭。「不要鬼叫，快起來！我要生了。」

但他彷彿仍聽到竹葉細語聲和嘓嘓的蛙鳴。

他躍下床，揉揉眼睛。抓起嬰兒床上的黑雨傘揮舞。但又想起自己還沒有穿好衣服。忙把雨傘放下。

著裝時，看到曙光已從窗簾的邊緣鑽進房中。他覺得這時候太太進產科醫院，要方便多了。

裸

胡劍雄從腕上抹下手錶，摔在鋪有白色檯布的飯桌上。六點零五分，錶面正對著他。分針和時針相連，彷彿是吊懸在半空的垂首的縊死鬼。

秒針屏息一步步地躍動，像赴死亡的約會。他握緊雙拳，手臂的青筋抖顫。爲什麼一直想到死？他不會死，不願意死，該死的是陸高。

可是，陸高遲到了。在電話中他告訴陸高，五點半到六點之間，他在這飯店裡等他。陸高嘻笑著說：「何必破費？有事嗎？」

隔著話筒，他還可嗅出陸高得意的和自負的語氣。這種腔調太熟悉了，有求於陸高時，他總是低首噤聲嚥下肚的。

但今天他不必求陸高——以後永遠不再向陸高低頭。所以他放大喉嚨對準話筒說：

「沒事，只想請你喝一杯！」

沒有稱陸高為「您」，也不像以往那樣用謙遜的口吻說話，他想陸高定會大吃一驚。可是，沒有。陸高仍用慣有的關懷語調說：「那地方太豪華，東西太貴，為什麼不換一家。」

「不用換，我已經訂好了。」

「好，好。我去。我來付帳好嘍。」

電話切斷，他只能對著聽筒發怔。陸高從不給他表現自己的機會，連請他吃飯一次都不行。放下話筒，搖搖頭。不改變決定：高級的酒，豐盛的菜，慇懃的招待，讓陸高盡情享受一頓晚餐，然後親手殺死陸高，看鮮紅的血液從陸高身上迸射，然後他跨過屍體，昂首而去——

陸高叼著半截雪茄，昂首挺胸踏進飯店。紫色壁燈的光輝閃爍，整個房間煙霧迷濛。他從座位上撐起，彎腰站在門旁。

陸高說：「就是我們兩個？」

「是！沒有別人。」

「兩個人，還要訂個房間。」陸高踞坐在上席，兩臂前伸擱在桌面邊緣，尖起嘴，雪茄撅了撅，像示意他坐下。然後含糊地說：「太浪費了。」

掛有紗簾的玻璃門推攏，他，坐在陸高的右側，順手摺起桌面的錶，迅速地套在腕間。現在不必計算時間，要集中精神伺候客人。

把早已點好的菜單讓客人過目。陸高連連說：「浪費，浪費！」沒有挑剔，菜單交給堂倌。那陸高平素最愛吃的菜餚；而且這場面很滑稽，誰做主人還沒有確定，怎好挑剔。陸高一向扮演英雄角色，喜歡表現慷慨、仁慈。就是因爲這樣，他們才有結識的機會。

認識陸高的時候，他正半昏迷地躺在地上。四周的腿腳晃動，乾燥的灰塵，在他的口腔、眼前和鼻息間扭舞；人聲嘰喳咕嚕，還夾著喝嚷聲：「打！打！打死這小子！」

「不要拉，讓我揍死他。」

「揍！揍！揍得好！」

拳頭在他的額角、面頰、胸脯前翻滾。血從眉毛、下顎滴下來。他蜷縮成一團，減少受捶擊的面積。一切靜止了，人聲、汽車聲、蛙鳴聲、英語朗誦聲、合唱團的和聲……都遠遠颺去。世界是孤獨而又淒涼，人群從岩石上躍向波濤翻滾的大海，噴射機呼嘯而去。天空碧藍、明靜、無數繁星眨眼，他深深地嘆了一口氣。

有人喊：「不要緊，那小子醒過來。」

又是一陣涼水噴激在臉上、脖頸上。他告訴自己的手和腳，要掙扎著站起來；可是另一種疲憊的力量，卻拖扯他振奮的意志，他仍僵臥在嶙峋的碎石子路上。

昏迷中他聽到爽朗的聲音問：「你們爲什麼要揍他？」

「這小子不講理，欠了飯錢，還要打架。」

「欠多少錢？」

「不多，一頓飯——十三塊。」

「他一定沒有錢，餓昏了。」原來那個聲音說：「歸我算吧，不要打啦！」

躺在路上，血肉飛裂，沒有淚珠，那個人的一句話，像一支銳利的箭，射中他內心最脆弱的部分，淚水卻從眼眶的四處溢出。他努力撐開酸楚的眼皮，在一片迷茫的白霧中，見到一個啣著雪茄的肥碩中年人，昂著頭招呼觀眾，要他們把他送到醫院去。

半截雪茄眨眨的冒著火星，灰黑色菸柱，裊繞在油光光的臉旁，他覺得那說話的人，又仁慈又偉大，眞想立刻跪在那人身前，說幾句感謝的話，才可以使自己激動的心情平復。

他沒有那樣做。當時的精神和情勢，都不容許他有那樣動作。過了若干時日，一切的情況改變，更沒有那樣做的必要。現在陸高坐在他左旁，臉上露出得意之色，而他對陸高敬佩的心情，卻變做極端的厭惡。

陸高說：「近來大魚大肉吃夠了，眞想吃些清淡的東西，換換口味。」

「今天這些菜，都不太油膩，」他小心翼翼地說：「吃了以後你就曉得味道不錯。」

「好，好，」陸高連連點頭，像是嫌他多嘴似地。這些菜都是陸高經常吃的，陸高還不清楚甜酸苦辣？話是說給他聽的，用不著他回答。有錢有勢的人，是只長嘴巴不長耳朵的；尤其在他面前，陸高怎會聽他的解釋。

懸在屋頂下的宮燈抖顫，紅色的流蘇在半空繚繞。鮮紅的液體潺潺流著，在燈光下亮晶晶的躍動。墨綠的窗簾和門簾上，彷彿已輕抹上陰影。用不著害怕，只是注滿了兩杯葡萄酒，並不是血跡。

右手伸進褲旁插袋，摸著那光滑溫熱的彈簧刀。刀身潛縮在刀背內，但手指碰著那硬殼，他仍感到刀口的鋒利。現在還沒到使用武器的時候，酒、菜都沒有動過。當他彈出刀鋒，指向陸高咽喉的一剎那，一定很精采——陸高瞪著雙眼，兩臂舉起護住頭頸咽喉顫慄地央求哀告要求一命我沒有虧待你不該這樣對付我不是開玩笑吧現在不是開玩笑的時候。爲什麼是開玩笑難道不認識這刀子尖利無比白刀子進去紅刀子出來不公平恩仇難分要知道爲什麼殺你嗎要當然要做鬼也要知道哪一點做錯了沒錯就是錯在你不該救我冤枉啊冤枉的事多著哩誰管那麼多你還是嘗嘗這刀子的味道吧！

「這味道不錯。」陸高端起酒杯，呷了一口說：「你不喝一點？」

他右手鬆開彈簧刀，忙從褲袋內抽出，雙手擎起酒杯，連連地說：「喝，喝。我敬您一杯！」

陸高像是沒有聽到他的話，夾一隻大蝦啃了啃，放下筷子，眼皮眨了眨，再端起酒杯在唇邊抿了一口。

愣愣地看著客人用傲慢和不在乎的態度對他，覺得熱血從手臂傾瀉入酒杯，他憤怒地將滿杯熱血倒入口中，表示對客人的抗議。對他是用不著如此客氣的，爲什麼在殺死他以前，仍做出這尊敬的樣子？大可以輕鬆地用左手拿起酒杯晃晃，咂咂嘴唇說：「唔，唔，很好。」難道是平常對陸高服從慣了，一下子改不掉那習慣。

這樣使殺死他的理由更充分一點。他是那樣尊敬陸高，陸高卻不以平等之禮待他，所以才舉起鋒利的刀，把過去所有的恩情斬斷，用不著顧念過去種種。送他進醫院療傷，代付醫藥費用，只是一種假意的慷慨。他想在出院後短期間內，把這種不大不小的人情補報完畢。

可是，走出院門，見陸高背著雙手，站在圓形的噴水池旁，嘴裡仍咬著雪茄，眼睛望著冒起的滑亮的水柱。他想陸高一定沒有看到他，他不願和他打招呼，預備從陸高身後越過。他覺得沒有辦法和幫助他的人面對面站立。他似乎欠他點什麼——不是金錢，也不是人情。而且他也不願意從自己口中說出任何感謝字眼的話，只能背對著離開他。

走離陸高數步，突地覺得陸高旋轉身喊住他，問：「你到哪兒去？」

「不知道。」

「今後你靠什麼過活？」

風折彎水柱成一個很大的弧形，晶瑩的水珠灑落在陸高灰黑的帽簷上。他立刻想走上前去，打歪他的帽子。以後靠什麼過活，那是他自己的事，用不著他來羞辱他。他說：「你管不著！」

雪茄菸顛盪。陸高閉著嘴哼了哼。「我得管。不管，讓你像以前一樣吃『霸王飯』？」

陸高錯了。他不是經常吃飯不付錢的。失業，積蓄輸光，被房東趕出門。住車站、公園，三天三夜沒有吃東西。他不肯向熟人低頭借貸，向生人討要；更不肯偷竊、搶奪，爲了營救飢渴的肚腸，才想去吃一頓老米乾飯，暫時請老闆記一記帳，誰料幾乎喪失自己的性命。

他不服氣，冷冷地問：「你怎樣管法？」

「你要多少錢，可以維持生活？」

「一萬。」

「我給。」

「什麼條件？」

陸高把半截雪茄用力擲在水池中央，斜著頭問：「誰說我要條件？」

拿到錢，就覺得自己要的數目太少了。如果曉得陸高無條件的施與，他會多要兩倍或三倍的。

儘管錢的數目不大，但他受過一次教訓，已領會到「一錢彎倒英雄漢」的眞正意義。於是從一個小的攤位，擴展成一座百貨店。雖然是由於他餓著肚子，日夜勤奮工作起家，但陸高幫助的功勞，還是不可埋沒。他坐在店鋪後面高高的帳桌上，看到店員們把一筆筆錢送到自己面前，想到那昂著頭口含雪茄的人，心中便起了一陣歉疚和難以補報的感覺。每次要把全部欠款還給陸高，便覺得除了還錢以外，應該還要加點什麼進去，才算是公平。因爲這樣遲疑下去，始終沒有把錢送還，而那種負疚的感覺直到現在還沒有消除。於是他右手擎起酒杯，在陸高面前揚了揚，大聲說：「爲了謝謝您過去的幫助，敬您一杯。」

他沒有等陸高回答，就把滿杯的酒傾入口中，咕嘟嚥下。如果客人不喝，就是沒有領他的情。便可以和以往欠的錢和情抵銷。

客人端起酒杯，蹙起眉毛凝思了一會。「幫助？」呷了一點酒才說：「哦——那不算什麼。」

他很氣惱，陸高有煤礦、有工廠，拿出一點錢來，當然不算什麼；可是受了他幫助的人，就不那麼輕鬆了。他放下酒杯問：「您爲什麼要幫助我？」

客人笑了笑，又把酒杯在唇邊擦擦。「我不是幫助你，只是幫助我自己。」

他拿起酒瓶，把兩隻酒杯注滿。現在他更有理由殺死他了。原來陸高只是爲了自己才這樣慷慨。他該趁陸高志得意滿的時候殺死他。

看：陸高左手捋著短短的上髭，眼睛向著白色天花板凝視，那種旁若無人的樣子，該是回憶什麼快樂或是痛苦的事吧？

右手放下酒瓶，猛地插進褲袋，抽出彈簧刀，還沒來得及按捺彈簧，也許是由於動作太緊張，陸高已側轉頭注視那閃閃發光的寶刀。

陸高問：「那是幹什麼的？」

「玩具刀。防……防身用……用的。」

「你現在還用得著？」陸高詫異地問。

「不用，是備而不用。」他的神情已鎭定，把刀擱在自己面前。「刀是朋友送的。」

陸高彷彿已相信他所說的話，沒有再追問下去。可是他倒要追問陸高，爲什麼說幫助他就是幫助自己？難道是陸高以往欠了別人的債，要移轉在他身上償還？或是陸高做了什麼傷害別人的事，爲了彌補心靈上的歉疚，才不斷給他物質上的援助？這樣說來，他不但不要感謝陸高，甚至於陸高還應該感謝他才對。

陸高始終以傲慢的勝利者自居，他有足夠的理由殺死他。當萌起殺機時，最初他認爲那是不可思議的事。陸高總是在他最需要幫助的時候幫助他，他怎會有那種念頭？事實上，想殺死陸高的念頭一下子就在腦中出現——昏黃黯淡的燈光，嘈雜的語聲，蚊蟲蟋蟀的吱叫，惡臭，夢中的犬吠，粗野的下流話，縈繞在他的腦中、心胸深處；鐵門，纏滿鐵絲的窗，窒息的空氣。監獄看守所的一切他應該習慣。也許要成月成年的待在裡面，違反票據法還加上妨害家庭的罪嫌。接近他的人走了，離開了。他的錢賭光賠光，人們還會想起他？

獄卒告訴他，他被保釋了。他料到是陸高幫他辦清和解的手續。果然在看守所會客室內見到口含雪茄的人。

面對陸高站著，每根毛孔內都滲出愧意。他突然覺得水泥地低窪了一塊，自己比陸高矮了半截，永遠無法在陸高面前抬頭了。

「你知道，那是因爲，因爲……」他囁嚅著說，彎著舌頭，試圖爲自己解釋。

陸高左手一揮，揚起一個漂亮的手勢。「不要多說，走吧！」

走出看守所大門，再走過一條長長的馬路，誰都沒有講話。汽車喇叭，販賣的鈴鐺，風吹起乾枯的紙屑在路面旋轉。這是最長的一刻。

在一個十字路口，陸高突地站住，取下口中的雪茄，冷冷地問：「你要多少錢，就可以『東山再起』？」

這樣的問話，比打他、罵他、諷刺他要難過得多。如果陸高用惡狠狠的態度待他，難安和負疚的感覺，就不會有這樣既深且重了。

「您還願意幫助我？」

「當然。」陸高又把雪茄塞進口內。「現在我要走了。你先回去計畫好，把需要的數目告訴我。」

目送陸高跳上計程車，嘶嘶的車輪輾過灰黑的馬路。汽車會和火車相撞荒山坍方計程司機日夜不睡會撞在電線桿上人像魚似地會自投羅網海濱的波濤洶湧是死的最佳誘惑——陸高不會發生意外，最好的辦法就是拿起刀子殺死他，殺死他，他和陸高就誰也不欠誰什麼了——

刀子橫躺在桌面上，刀尖隨時會指向陸高的咽喉。陸高作夢也沒有想到他腦子裡打什麼主意；更不會知道以後的十分、八分，或是三秒、二秒的時間裡，就喪失自己的性命。

陸高右手半傾著酒杯，迎著燈光看杯內的酒，慢吞吞地說：「這酒很濃，顏色也不錯。」

是的，血比酒還要濃，顏色更鮮豔。讓陸高自己品評自己的血吧。只要陸高放下酒杯，他就彈起刀尖，迅速地刺去在刺進咽喉前該告訴他什麼原因不能當然不必要一切的理由還是讓自己去猜忘恩負義以德報怨多漂亮字眼完全錯誤那是一種束縛金錢和道義不成比例恩怨難以估價賠償……

「今天我本來有事，不想來這兒吃飯。」陸高把酒猛地倒入口中，笑嘻嘻地說：「在你打電話時，我突地想起了一個好主意，所以我要來告訴你。」

陸高的酒杯放下了，不能立刻用刀。要聽聽臨死前所說的話。爲什麼想起荒唐的古語：「人之將死，其言也善。」

「什麼好主意？」

「我新開了一個分廠，還沒有找到理想的負責人。」陸高停頓半晌，再一字一字的說：「我現在要請你去主持。」

他打了一個冷顫，起了一個模糊的衝動，想把彈簧刀的刀尖，刺向自己咽喉。燈光輻射四周，碗碟搖擺叮噹。當然不必大驚小怪。他控制自己聲調說：「您到底爲什麼要這樣待我？」

「你覺得奇怪？」陸高揚聲大笑。「因爲這樣我感到快樂。考慮一下，明天來辦公室找我，我先走一步。」

他慢慢摸起刀柄，望著陸高推開玻璃門，昂頭離去。他是有機會殺死他的；可惜他沒有抓住那機會。既然陸高認爲幫助他是一種快樂，他就憐憫陸高一次，讓他滿足驕傲的自尊心，再多快樂一次吧！

這樣說，他沒有欠陸高什麼，陸高已欠了他若干次的憐憫和同情，那不是殺死陸高的最好理由？

左手扶著桌角懶懶站起，右手又把刀子滑進褲旁插袋。他突然覺得這個房間，不，這個世界，只剩下他孤零零的一個人了。

報角落的新聞

王立旺小小心心地掩進門；可是太太抬起頭就看到了他。她瞪著眼睛問：「你回來了？」

這還要問，不回來，會看到人影。

太太從廚房門口，直向他身旁逼近。他本來想伸個懶腰，打個呵欠；可是嘴只張開一半，就嚇得閉了起來。太太的臉色很不好看哩！

她嚴厲地問：「你昨晚一夜不回，哪兒去了？」

「不要逼著問我，等一會兒，我慢慢告訴妳。」

「不行，我現在就要聽。」

他霍地轉過身，背對著太太，眼睛正從窗口，看著那又紅又熱的太陽，吃力地向天空爬。早晨的陽光雖不強；但還覺得刺眼。他一夜沒有睡覺，眼睛是太疲乏、太無力了。收回目光，看到小強把頭伸在廚房門外，懷疑地注視他。突然之間，他感到兩頰一陣熱，羞愧地低下頭。

「客氣一點，」他低聲說：「小強正看著我們。」

可是，這句話並沒有發生效果，太太的聲浪更高。「你要臉面，就該做出爸爸的樣子。你說呀！一夜不回，到底幹什麼去了？是不是又去賭錢了？」

他的眼睛又飄向小強。小強向他做個鬼臉。他感到又羞又氣，眞想去打他一記耳光。可是小強沒有錯，錯的是他自己。小強已讀國校六年級，懂得好壞了。他再三告訴小強要學好，要讀書；有了好成績，將來才會考取好學校。可是小強不爭氣，拿到書本就想打瞌睡，晚上一定得陪著他讀書。冬天要爲小強準備熱水袋，夏天要把冰塊放在小強的書桌旁。平常他打小強，罵小強，管教小強；這時他挨太太的罵，小強該覺得很開心吧！

他很奇怪：太太爲什麼就想不到這一點。

王立旺說：「小玩了一下。」

太太伸出右手。「賣牛的錢呢？」

他的心突地像被挖去一塊，軟弱地癱坐在圓背籐椅上。離開賭錢的地方，內心一直懊喪，他強迫自己不去想那件事，希望時間會慢慢沖淡那痛苦的回憶；可是，他糊塗了，沒有想到如何向太太交代。現在太太伸手要錢，怎麼辦？

他低著頭，眼睛看向水泥地，低聲說：「輸了。」

「輸了多少？」

「全部。」

「什麼？全部？」太太向他身旁跨兩步。「牛，賣多少？」

「兩千。」

太太竄近他，雙手抓住他的衣領，大聲哭喊：「我的天啊！你一夜就把那麼大的一條牛輸掉，我們以後日子怎麼過啊！」

他掙扎著站起來，卻聽到小強號叫著：「媽媽！不要嘛！不要打爸爸啊！……」

他說：「妳放手，聽我說，我不是存心輸光——」

太太的右手一面捶擊著他的肩和背，一面哭叫著：「你還有理？輸掉一條牛，還說不是存心，誰信？」

他抓住太太右手，不讓她亂打，但想不出理由爲自己辯護。牛老了，背著犁在田裡走得很慢。他很早就要換一條年經力壯的牛了。可是太太說：「錢呢？」

「妳管家，管帳，我怎知道有沒有錢？」

太太說：「你是想換牛？還是想管錢？」

他兩樣都想。他是堂堂的一家之主，卻不能過問家庭經濟。他和她剛結婚時，家裡的帳全是他管，他可以在朋友、鄰人拉賭的時候，坐下來玩一場牌，或是擲一擲骰子，可惜他的手氣不好，總是把家裡的錢輸光。一場賭，就是連著一場吵鬧。悶氣固然難受，家中沒有錢用的味道，也的確不好受。所以經濟大權就落在太太手上了。

看樣子，管錢的大權，一時還爭不回來。他說：「我要換牛！」

「那麼你等著吧！」太太轉動眼珠，算了一算。「等地價繳清以後，明年再換牛吧！」

太太講的話有點道理。他原來是種別人的田，每年要繳地租。「耕者有其田」以後，他已繳了九年的地價，到了明年，這些田都是他自己的，他用不著繳稻穀給政府，當然可以換一條年輕的牛了。

好了，太太答應他牽牛去賣，賣掉再買強壯的牛。老牛在路上搖搖擺擺，像是知道離開他們的家，顯出依依不捨的樣子。牛雖然老了，但按照市價，起碼要值二千四百塊；不過牛販子，咬定兩千，多一文也不要。

錢在別人口袋裡，沒有辦法，只有硬著心腸賣掉，但有一個條件。

牛販子問：「什麼條件，你說出來，聽聽看。」

「牛賣給別人家使用，不能吃！」

「你眞是老實的種田人。」牛販子嘻笑地說：「我現在可以騙你，說是賣耕牛，你相信嗎？替你種田，你嫌老；賣給別人種田，人家不嫌老嗎？」

有道理，他沒有話反駁。這條牛幫他耕了十年的田，現在就該讓牠少做點工作，任他慢慢的老死或病死。可是，他希望賣一筆錢，再增加一些可以買條強壯的牛，不得不把繫著牛鼻子的繩，交在牛販子手內。

牛跟牛販子慢呑呑地走著，還回過頭來看他。他看到牛的眼眶裡含著淚，難道牛也知道牠自己是被牽往屠場？說不定牛是捨不得離開陪伴十年的主人哩！

他的眼眶裡貯滿了淚。牛終於被牛販子硬牽著鼻子拖走了。他幾次把右手伸進口袋，想掏出那厚厚的一疊鈔票，趕到前面對牛販子說：「錢拿去吧，牛我不賣了！」

可是，他沒有那麼大的勇氣和決心。因他需要這筆錢買強壯的牛；而且像他這樣俠義的行爲，回家告訴太太，一定無法獲得同情。只有眼睜睜地看著牛一步步地走往屠場。

牛看不見了，心裡悶得慌。走進小飯店，不點牛肉、豬肉，只要了盤花生米、豆腐干，吃一瓶老酒。

出了飯店，心情好點了，但頭有點暈，腳有點軟，隨便逛一逛吧！

在街頭碰到老李。老李說：「多年不見，一定很『得意』吧？紅光滿面。」

老李是賭友，他說的「得意」是贏了錢。實際上天曉得，太太管帳後，身上沒有賭本，再沒有「得意」的機會了。

老李說：「跟我走吧！小玩玩，過過癮。包你滿意。」

牛賣得太便宜，贏點回來也不錯。二百、四百就可以補償吃虧的數目。當然，多贏點更好，如果贏個兩千，錢可以還給牛販子，把牛再牽回來；那時太太定會對他另眼相看，以後再不禁止他賭錢……

他抓住太太雙手，太太已沒有力氣再打他了，他說：「我是受了人家的騙——」

「鬼話！」太太的聲調尖厲。「你每次輸錢，都是鬼話連篇，不是說被抬了轎子，就是說別人做假——」

「這次受騙是眞的。」他低下頭，老李的話又在腦中出現。

老李說：「下吧！少一點，包贏。」

骰子在碗裡轉了轉。二十塊錢，贏回來了。老李說，再多下一點。二十、五十都在自己懷裡，這樣下去，一條牛的錢，還成問題？

老李說：「這樣不夠意思，你還是『坐莊』吧！」

坐了「莊」，剛下手很順。接著就一連賠下去。汗從額角滾下來。五百塊，一條牛腿不見了。

老李說：「你可以休息休息了。」

「不！我要扳本。」

半條牛輸掉，老李又勸他停止。可是他覺得無法向太太交代——更無法忘記那眼淚汪汪的老牛。骰子在粗花碗裡轉動，為什麼別人的點子都很大，只有他的骰子轉來轉去，就是趕不上別人的大點子。

他愈是懷疑，愈想研究。三條牛腿沒有了，他還想抓住尾巴把牛拖回來。骰子在碗裡滴溜溜的轉。他分不清是牛的眼睛？太太的眼睛？還是賭伴的眼睛？他的頭暈眩、暈眩……口袋裡的鈔票光了，牛是被別人搶走了。玻璃窗發出魚肚白，天亮了。桌旁的賭友怎麼都不見了？他們是什麼時候溜走的？

老李說：「你眞傻。贏錢的人半夜就走了，輸得愈多的人走得愈遲，大概是你輸得最多吧？」

「騙局，你們是騙局，我要報警。你要告訴我，那些騙子是誰？」

「我也不認識他們，只是和他們在一起玩過。」老李想了一想說。「我只曉得當中一個人的家，讓我去找找看。」

老李走了，一去不回來。他沒有抓住老李，老李也是騙子。他是在牌桌上認識老李的，到哪兒去找老李啊？

太太說：「眞受了騙，爲什麼不去派出所報案？」

「報了，沒有用。我沒有抓住一個人。抓住老李就好了——」

「老李是誰？」

「騙子，是騙子。」現在他想起來了。在談牛價的時候，就看到老李在外面晃了晃。當時他一心捨不得牛，又爭價錢，沒有注意。原來老李見他有錢，才做成圈套讓他鑽進去的。

他大聲喊：「明白了，明白了。」

「現在明白了有什麼用？」太太摔開他。忿忿地說：「糊塗一次就丟掉一條牛，再糊塗一次，你就要連老婆孩子都丟了。看看你還有沒有臉見人？」

他坐下，雙手蒙住臉，確是無法見人。小孩一直伸長頸子看著爸爸，他以後怎樣再去教他讀書、學好。

太太在屋裡走來走去，嘴裡嘮叨著，我是窮命，嫁個窮鬼，剛積蓄了一點錢，可以買條小牛了，窮鬼一夜就輸掉一條老牛。以後沒有牛，讓你這糊塗蟲自己背著犁去耕田。你還要管錢嗎？讓你管錢，家中就不會有柴米油鹽。左鄰右舍問：你們家的牛呢？看看你怎麼回答。你還有臉在家中出出進進嗎？小強，跟我走。到田裡去做工。以後不要念書了，你爸爸把牛輸掉，你就要代替牛種田了。

小強眞的跟母親到田裡去了。家裡沒有人，靜得可怕。太太不罵他、不指責他，他也難過得要死。受了一頓嘮叨，味道更不好受。太太嘴碎，從早到晚咕嚕嚕不停，不知要囉嗦幾天，幾月……這個罪比替牛耕田苦得多。

肚子餓得嘰嘰叫，站起身，走進廚房。田裡、碗櫥裡，空空的，什麼也沒有。一夜不回，太太就沒有想到他，爲他準備一點吃的東西，活著還有多大意思。

一夜之間，牛沒有了，太太也不愛他了，小強對爸爸的尊敬和崇拜消失了，左鄰右舍在他背後搗搗戳戳……

在廚房裡轉了轉，無聊，像一粒骰子在碗裡晃來晃去。碗裡有牛眼睛、太太的眼睛、小強的眼睛。牆角有一隻瓶子，還有半瓶藥水，是毒什麼蟲子的吧？記不清了。抓在手裡，藥水在瓶裡晃蕩。紅字寫著：「切忌內服」。但他仰起頭，拔開瓶塞，嘩啦啦的倒進喉嚨。苦味、辣味、臭味……都不管了，咕嚕嚕嚥下，嚥下，瓶子掉在地上，很響，碎了。有點不對勁，頭暈。摸索到外面，拿出小強書包中的紙和筆，寫點什麼留給太太。

亞妹：對不起妳，我錯了。我要走了。好好管教小強。他想動筆，但全身不對勁。眼花、心跳、耳中尖叫。老牛流淚了，太太流淚了，小強大哭。田誰種呢？小強再沒有爸爸了。太太也沒有丈夫了。再嫁人嗎？小強怎麼辦呢？

他又錯了。腹中絞痛，汗珠滾下來。太痛苦了，他不想死。椅上坐不住，就睡在地上吧！爲什麼太太還不回來？該喊救命嗎？救命哪！沒有聲音，他已喊不出聲了。

眼前有人影晃動，謝謝天，太太回來了。他說：「快送我進醫院！」可是太太聽不到。太太伏在他身上哭叫：「立旺，你怎麼能死啊？一條牛算什麼，今年賺了錢，明年又可以買一條牛了。你死了，叫我怎麼辦？」

他說：「我不想死。生命很寶貴，我要抓住生命。不要哭，送醫院急救。」

可是，太太聽不到。他深深嘆口氣，伸伸腿。太太的哭聲漸漸聽不到了。

第二天，日報的一個角落裡，出現了一條短欄的小新聞：

賭錢輸掉牛

受責自殺死

〔本報訊〕現年三十六歲的農民王立旺，因賭錢輸掉一條牛，被其妻指責，羞憤自殺身死。

死者平素愛賭，其妻金亞妹，乃不讓其管錢。十四日他將家裡的一條牛，以二千元代價出售，不料一夜之間，輸得精光。妻子知道後，加以指責，他因無顏見人，於十五日上午七點許服毒自殺，經家人發覺，已不治死亡。

玩具手槍

推開門，屋中靜悄悄的。錢東源的目光，從太太面龐移向書桌上的鬧鐘：九點半。回家確是太遲，難怪太太滿臉畫著「不高興」的圖樣。

外套脫下，在右手晃蕩，然後摔在窗口的籐椅上。接著他箭步向前，拎起外套，掛上窗框旁的鐵釘，再背著燈光坐下。吊燈的光彩昏黃，沒有刺眼的感覺，那只是爲了不願瞧冰冷的面孔。如果他下班後，立刻回來，就不會經歷這冷場。一向準時回家，唯有今天，從大街彎進窄巷，跨上石橋，沿著長堤漫步。流水、村莊、田野、炊煙、墳墓……一一在眼前滑過，忽然間就這樣晚了。

右腿斜伸，從褲旁插袋內捏出一個紙包。太太的視線已折向他，他仍全神貫注慢慢打開包裝的紙。把玩具手槍，擎在手裡連連扣了幾下扳機。

沒有裝「紙」彈，不響。

太太問：「買這個幹麼？」

「給小牛玩。」

「小牛玩槍的時候，還早得很哩！」

太太顯得很不滿意。是的，她的話沒有錯。小牛才七個月大，這時躺在搖籃裡睡覺。母親的左腿擱在籃邊輕輕搖盪。孩子睡得很香很甜，當然不會覺得房內空氣的分量慢慢沉重。

他不想跟太太辯論。小牛慢慢會長大，但現在買這支槍，不是給小牛玩的；這道理和太太永遠講不清。站在玩具店門口，心情很複雜，無法告訴太太。見到彎柄玩具槍，和眞槍一模一樣，心中就升起抓在手裡的衝動。十年前，這樣的槍害苦了他。抓著滑溜的槍柄，過去的日子噴湧在眼前，又看到阿蘭那張漂亮的尖長面孔，睜著又圓又大的眼睛。阿蘭無論如何也想不到她丈夫會在公園裡假戲眞做。

公園裡光線很暗，難看清阿蘭臉上全部表情，但可以用想像塡補。和阿蘭結婚了二年多，他了解她的一笑一顰，包括陰險、狡詐、欺騙的行爲。所以才誘她到公園來，抓起手槍對著她。

阿蘭臉上露出鄙夷的神色，冷笑了一聲，尖起嗓子喊：「你敢！你敢用槍碰我一根汗毛！」

她挺直身子躍近他，雙手抓住——應該說是搶住他的槍。怎麼辦？讓槍給阿蘭搶走，自己接受她制伏，把生命交給她？

當然不能。他搖搖頭，鼓足力氣怒吼：「放手，不放手，我就打死妳！」

「你打吧！我不要命了。」

阿蘭的兩臂像突地增加無限力量，他再沒有辦法控制那光滑的槍柄了。但他還是提出最後的警告說：「我絕不是和妳開玩笑的，槍膛裡有子彈——」

她不會相信他的話，平時他總是在阿蘭面前屈服的。所以阿蘭說：「你打吧，你不打不是人！」

眼前飄過一陣淡淡的霧，霧後有一對冷峻而鄙視的目光。他打了一個寒顫，感到冷汗浸透全身；再禁不起那輕蔑的嘲諷。是的，阿蘭一直瞧不起你，認為你是天下最沒用的男人：懦弱、卑怯，不敢面對現實。所以她不把你放在眼裡，你永遠在她面前抬不起頭。你眞是她所想像的那種人？不是，絕對不是。

「砰、砰、砰……」

槍響了。阿蘭跟著槍聲倒在地上，他怔怔地抓住槍。阿蘭說：「你好——」

玩具槍擎在手裡，又看到阿蘭慘白的面孔，嘴角上掛著輕蔑的不信邪的冷笑。

太太問：「你吃過飯了沒有？」

「吃……吃過了。沒有——」

「這是什麼話？到底是吃過，還是沒有吃過。」

他很後悔說出這樣矛盾的話。他沒有吃飯，爲了怕太太追問不吃飯的理由，才想到這樣說；可是肚子不爭氣，正在大鬧饑荒。

錢東源補充說：「只是沒有吃飽。」他想太太會燒點什麼給他吃，可以解決餓的問題。估計錯誤，太太的火更升高了。

「你到哪兒去了？不先說一聲，要人家死等！」

「哦……哦——」他支吾著說。「臨時碰到一個朋友，他拉我到館子——小館子裡去，馬馬虎虎吃一點。」

「是誰？爲什麼不把客人帶到家裡來。」

他低頭檢查槍的機件是不是靈活，店員說，如果發現破損，明天可以退換。那只是說說而已，眞會爲了一支玩具槍，和店員吵吵鬧鬧？如果是眞槍，情形就不同了。他向萬省良借槍時，確是小心謹愼地檢查。萬省良今天仍抱怨地說：「如果知道你借槍去殺人，我絕對不借給你，害人又害己。」

和萬省良辯論了半天。他只是借槍嚇唬嚇唬阿蘭，沒有眞心去殺她；但萬省良不信，信不信不重要，事情已過去很久了。現在唯一要做的，就是讓太太相信他所說和所做的。但他不想把會晤萬省良的事告訴太太；因爲太太不知道阿蘭這個人，更不知阿蘭遭到橫死的事。要費多少唇舌才能使她明瞭眞相。和他有二十年友情的萬省良，不能了解他當時的心境，還要和陷在情感深渦裡的太太討論十年前的舊帳？

「那是妳不認識的一位朋友。」他用槍瞄準牆壁上一根鐵釘。那釘上過去掛著和阿蘭的結婚照片。二年前他又想把新的照片掛上去；但太太認爲不美觀，改掛在牆角。鐵釘一直挺立在壁上。他時時會感到穿著結婚禮服的阿蘭，站在鐵釘旁，嫣然微笑。此刻，彷彿阿蘭正冉冉地向他身旁走來。

阿蘭說：「我沒有欺騙你。你知道得比我清楚。爲什麼你摀著良心說瞎話。」

「妳說得好聽，就可以使我相信妳的假話？」他竭力忍住怒火，希望把事情弄明白：「妳說，昨晚七點到十一點這段時間，妳在哪兒？」

「那是我的自由。」阿蘭冷笑。「我爲什要告訴你？能告訴你的，就是我的行爲絕對光明正大。」

這樣的理由，能使人相信她的清白？僅憑這一點，他不會懷疑阿蘭不貞；可是，懷疑累積起來……

中午下班了。阿蘭不在家。冷鍋冷灶沒有吃的。正準備鎖門離開家時，阿蘭提著菜籃回來了。

他問：「怎麼不早點燒飯？」

阿蘭說：「我又不是你家下女，憑什麼要這樣問我？」

這是一個不講理的答覆。他該小心說話，不然就會有很大風波。「平常下班，妳都是把飯做好的。」

「你要我做一輩子下女？」她把菜籃摔在他面前。氣勢洶洶地說：「要吃，你自己做！」

他該忍耐下去。人都有情緒不好的時候。可能阿蘭在打牌時輸了錢，或是在買菜、走路時，受到別人的委屈，所以才會對他有這蠻橫的態度。可是他想起自己上班，回來還要動手做飯燒菜，生活、工作還有什麼意思。

他說：「妳有這樣想法，待在家裡還有什麼味道？」

「好吧！」阿蘭說：「你不要我在家裡，我就走。我知道你討厭我了。你以為我沒有辦法；我現在就走給你看。」

走了，阿蘭抓起皮包昂頭離開家，他慢慢的無精打采的做好吃完，已誤了上班的交通車。沒有辦法，只好明天辦理補假手續。

躺在床上午睡。兩眼睜大，耳中雷鳴，想不出阿蘭為什麼會有這種反常的行為。婚後沒有懷孕，如果有了孩子，她的精力花在孩子身上，就不會因為閒得無聊，而去打牌、跳舞……

「吱唔」一聲，房門被推開一半，一個男人伸進上半截身體。

他的頭從枕上翹起問：「你找誰？」

那人遲疑一下，像立刻要把頭縮回。他突地想起了，那是他們家前面第三排的鄰人，曾經在太太的牌桌上見到過。

「我找……找金太太。」那人結結巴巴地回答。

房間裡只有他躺著，怎會有金太太？那人把頭縮回，闔緊房門，他才想起自己該用枕頭摔他。找什麼金太太？見鬼！大門開著，房門沒有加門；鄰人怎可以輕悄悄的走進來？這是他上班的時刻，平素唯有阿蘭躺在床上，看樣子，那傢伙絕不是第一次走進他的屋子。進來時，只有阿蘭和他在一起，難保……如果他不說找金太太，說是找阿蘭去打牌，他相信的成分還比較大點。可是，他走進門，也該問一聲或是咳一聲；在推房門前也該輕輕敲一下——

突地從床上躍起，衝出房門、客廳，他已看不到那傢伙的身影。遲了，他該抓住那傢伙，揍塌他的鼻子，警告他不要把人當呆頭鵝看待。那樣，受凌辱的還是他自己——可是，遲了，他讓那傢伙從容地離去，嗤笑他是傻瓜、笨蛋、烏龜……

他猛扣扳機。不響。沒有裝「紙」彈，怎麼又忘了？事情早已過去，阿蘭死了，那傢伙不知流浪到何處。現在捕捉那鐵釘的黑影，確實無聊。太太追問朋友是誰？到何處吃飯？卻不追問他餓到什麼程度。該源源本本告訴太太關於阿蘭的事？隱瞞這件事太久了，他是一直想告訴她的。現在說是不是嫌太遲。

「有吃的嗎？我想再吃一點……」

太太嘴唇牽動，像是想說些什麼；但最後嘟著嘴，得得地走向廚房。太太對他非常關懷和體貼，知 道他餓了，一定要燒東西給他吃；冷了、病了，她要擔心；憂愁、煩悶，她也感到不高興。可是，他這個做丈夫的卻把過去殺人的大事，瞞著太太，在良心上未免太說不過去。想到這兒，便感到歉疚。

不過這不能完全怪他。他是想把自己以往的事，一點一滴告訴她，沒有聽完，就全部信賴他了。

介紹認識後，第一次在咖啡館見面，他從上衣口袋內，掏出一疊紙給她看。

她翻了半天，迷惑地問：「這是什麼東西？」

「當票啊！」他說：「妳從來沒有見過當票？」

她搖搖頭。再仔細一張張地看下去：鋼筆、手錶、西裝、電唱機、毛衣、大衣……

「這都是你自己的東西？」

「當然。」本來他想說：不是自己的，難道還是偷的？殺人已經是天大的罪惡，還要加上偷竊的罪名。

「你拿當票給我看的目的是什麼？」她把那疊紙緊緊揑在手裡，眼睛瞪視粉紅色天花板下旋轉的彩色光球。她說：「是表示沒有誠意和我來往？」

心靈震顫，對了。他經過阿蘭的打擊，再不願接近女人。七年的監獄生活，使他晝夜都詛咒女人，痛恨女人；獲得自由後，爲了解除精神的痛苦，便和菸、酒、賭博纏在一起。衣衫不整，鬚髮很長，朋友們爲他的生活和健康關心，認爲他缺少別人關懷才如此墮落，於是爲他介紹女友。他不忍拂逆別人的好意；但拿出當票後，女孩子再不和他在一起。

他說：「我告訴妳經濟狀況，使妳將來不會後悔——」這是實話。阿蘭和他在情感上的裂痕，他無法清晰地一一指出；但阿蘭嫌他太窮，不能過著舒適生活，是平常吵鬧的導火線。他怕在自己的婚姻裡，再碰上第二個阿蘭，所以才做出這別人都做不到的事。

「你眞是我見過的男人當中，最坦白誠實的人。」她彷彿非常感動。「別人在我面前，總是旁敲側擊，暗示自己怎樣有錢，怎樣有辦法，怎樣有前途。還有人在我面前透露，有個表叔的學生的舅舅，準備幫他辦理移民手續，很快就可以出國。只有你在我面前拿出當票來——那麼，現在我問你：你以後怎麼生活？」

「我有職業，可以維持簡單的生活。」

他始終沒有找到適當機會，把阿蘭的事告訴她，就在一陣熱浪激盪下，迅速地結婚。

他又擎起槍，連連扣了兩下扳機，鐵片和鋁皮相擊很清脆，但不夠刺激。裝上「紙彈」聲響就不同了。

從胸中夾袋裡，摸出一捲「紙彈」，慢慢摸索裝進槍膛。現在不能放，他想，小牛在睡覺。驚醒小牛，太太不高興事小；小牛大聲啼哭的味道不好受。還是等到小牛醒來再放給小牛聽吧。

他站起，走近搖籃，坐在太太剛離開的籐椅上，俯視著小牛。小牛的面龐紅潤，像一隻又鮮又嫩的蘋果。他用左手食指輕撫著小牛面頰、鼻頭。小牛翕動嘴唇，轉動肢體，他連忙縮回手指。

小牛確是很可愛，他經常吻他，愛撫他。如果把槍殺阿蘭的事在婚前告訴太太，小牛就不會是自己的了。因爲她知道他是如此的男人，就不會親近他，嫁給他，哪裡會有這愛的結晶。

是的，他確有這自私的想法，所以把這醜惡的事，在婚前一直瞞著她。有很多時間，很多機會；而且話已溜到唇邊，他還是把事實呑在肚內。婚後這麼久了，讓愧疚日夜啃噬著自己，還是不願坦誠的向太太訴說。今天是個好機會——阿蘭逝世十週年紀念。萬省良說：「人家死了十年，你不到墓地上去看看。」

站在枯墓前，見到一束鮮花，還有幾枚灰白的紙灰。不知是誰比他先來弔祭過了。他沒有帶花，也沒有帶紙錢；僅默默行了三鞠躬禮。他本想行禮後立刻離開，可是剎那間，彷彿阿蘭又站在他面前。阿蘭說：「你不該懷疑我，我沒有錯！爲什麼你那樣不信任別人，不信任自己。」

他是信任自己的。一個禮拜六下午，因爲要粉刷辦公室，所以提前下班。院門虛掩，客廳的門卻緊閉。門被敲開了，阿蘭和一個陌生的男人，在客廳裡站著。桌椅凌亂地塞在四周，電唱機的音樂放得很雜很響。

阿蘭瞪視他片刻，像突地甦醒過來。說：「這是我先生，這是——鄭……」

他不知道用什麼方法來表示自己極端的憤怒；只能結巴地說：「你……你們好——」

阿蘭搶著說：「我跟鄭先生學跳舞。」

環顧客廳中一切，像是跳舞的樣子。他心情似乎平靜些。「鄭先生是跳舞師？」

「不，不。」那陌生人的手在胸前亂抓。「我只是喜歡。」

當然，他信任自己，也信任阿蘭。嚥下又冷又硬的氣。舔舔嘴唇說：「那麼你們再跳吧！」

沒有。他看到他們互相凝視了一瞬，那姓鄭的說：「這是我該回去的時候了，還有人等著我哩！」

人走了，桌椅恢復原狀。這是事實，信不信由他。也許是眞的跳舞，也許是——他不敢想下去。屋中只有阿蘭和那個陌生人，爲什麼要把門關起？在跳舞之前，他們做些什麼？除了他提前回家這個禮拜六外，其他的日子，他們是不是也在一起？如果他們做了欺騙他的行爲，卻裝成跳舞的樣子再欺騙他這個傻瓜，他怎能忍受？

事後每每想起這一幕，內心便像被毒蛇咬住，痛苦浸入肺臟。當然不能忍受。等到拿起槍時，那一幕又滑入眼前，即或阿蘭不奪他的槍，他也會猛扣扳機。爲了洩除心中的憤懣，食指便用力向後拉——

「砰！」

小牛哇地一聲吼哭起來。他忙伸左手拍小牛的胸脯，雙腿顚動搖籃，但小牛仍直著嗓子喊叫，沒有停止哭叫的意思。

太太從廚房伸出頭顱，惱怒地說：「你看，你是一個什麼樣的爸爸！不怕槍聲嚇壞孩子？」

「噢，不能怪我，」他感到很懊喪。「是槍走火！」

「誰要你在這時候玩槍？」太太說完，又把頭縮回廚房。她說的話沒有錯，他是不該在這時候玩槍的。但太太怎知道他這時的心情。

等到太太燒好了，吃過以後，他要把全部事實向她說明白。把這樣的祕密埋在心裡，長久下去，一定會悶壞的。太太能同情他過去當衣物，也會憐憫他受別人凌辱而惹下的錯誤。夫妻是該互相諒解的；而且那還是很久很久以前的事，太太該不會介意了吧？

小牛的哭聲漸漸低下來。他用腳繼續不斷的顚動搖籃，眼睛看著光滑的槍柄，感到氣惱。爲什麼抓著槍，就會惹出禍端？他該摔掉這樣危險的玩具，就是小牛長大了，也不讓他摸這樣的兇器。人是不該用武力來解決問題的。如果他不帶著槍和阿蘭談判，他們可能會分居、離婚——當然也能重歸於好。阿蘭只是任性、孩子氣重，不是一個壞女人，用不著扣動扳機。

不！他沒有扣動扳機，是阿蘭抓槍奪槍，槍突然之間發生巨響。錯不在他。到底是誰錯，他實在攪不清。可是事實如此。槍是他帶的，他把槍口對準阿蘭，而阿蘭倒在地上。他向警方自首，承認既成的事實。法律根據事實判斷。誰都沒有錯。可是太太怎會相信他內心的眞話。

過去的祕密，還是讓它埋葬在心底吧！太太不在乎他以前的婚姻，將會無法原諒他的槍殺妻子——而最難獲得她諒解的，該是一直把事實眞相隱瞞著，他有什麼理由爲自己辯白？萬省良說：「你現在的太太知道嗎？」

「不知道。」

「爲什麼不告訴她？」

「你認爲我應該告訴她？」當時沒有理由答覆，所以才反問萬省長。可是萬省良冷笑，搖頭。看樣子像早已料定他不會告訴現在的太太。萬省良總是用這種神氣對他，他眞受不了。在他決定娶阿蘭時，萬省良也顯出這種鄙視的態度。

萬省良說：「你娶阿蘭做太太，一定會後悔。」

「你爲什麼要這樣想？」

「因我知道你，」萬省良揮舞著右臂，用力地吼道：「我也知道阿蘭。」

阿蘭是萬省良家的下女，當然萬省良了解她。他喜歡阿蘭的年輕、漂亮，就不會想到她的身分、教育程度。他已把這想法和決定告訴萬省良，爲什麼萬省良自己還要反對？可是萬省良的太太支持他。萬大嫂說：「你不要聽他的話；他只想到自己有家有太太，從不顧及別人。只要自己覺得對，你就按照自己的意思去做吧！」

萬家夫婦對阿蘭的事，好像還鬧了很大彆扭。他可以從各方面的情勢，和他們的言語、態度看出來。

是的，萬省良的話沒有錯，他眞的後悔了。阿蘭在萬家燒飯、洗衣、拖地板、抹窗子，做一切粗重的事。可是到錢家變了，家事全不要做。阿蘭說：「在萬家是做下女，現在是做太太啊！」

那麼，她就好好做太太吧！沒有。成天要他陪她去看電影，聽歌仔戲。他沒有那麼多時間，也沒有那樣大的興趣。天天泡在戲院裡，有什麼意思？最初陪她去幾次，到後來阿蘭再這樣提議時，他便摸出十塊錢。

阿蘭把一張藍鈔票，拎在手裡抖了抖，斜著頭問：「要它陪我去？」

「妳覺得不好？」

「好，好。」阿蘭得意地冷笑。「那麼你呢！」

「妳知道我沒有興趣。」他說：「我陪妳去，還不是一樣？」

事後，萬省良對他說，怎麼會一樣呢？一個沒有教養的年輕女人，經常獨自待在三流戲院裡，不會碰上壞蛋才怪；而且她是故意報復——對丈夫，對萬家夫婦報復，所以只想玩、打牌、跳舞……在無數的糾紛、吵鬧後，從萬家夫婦口中，才一點一滴地慢慢把阿蘭的歷史湊成：阿蘭十三歲到萬家，六年的時間過去。萬太太突地發現阿蘭對丈夫，懷有特殊的感情，所以才想盡辦法，促成他這件婚姻。萬大嫂的心願達成了。可是萬省良和阿蘭的心中，到底是怎樣想法，不知道；誰都不知道。他是做定傻瓜了。

萬省良愛阿蘭嗎？只是阿蘭單單地愛萬省良？這情感的糾紛太複雜，爲什麼他會鑽進那個圈套。是萬省良害他？是萬太太害他？還是他自己害自己？抖不開那糾纏的結，所以才舉起槍來，扣緊扳機——

「砰、砰砰——」

小牛閉著雙眼，張大嘴巴狂吼。他愣愣地望著那玩具手槍，馬上就起了毀壞成粉碎的念頭。可是還沒有採取行動，太太已竄出客廳，邊跑邊嚷：「你瘋了，今天老是嚇小牛，你看小牛哭成那樣子。」

太太跳在他面前，雙手抓住槍，用力搶奪。

他急急地喊：「妳放手！放手！」

太太沒有聽他的，還是用力把槍往懷裡拉。她是女人，力氣不夠大；而且又氣得喘吁吁的，還要注意脹紅臉啼哭的小牛；當然沒有辦法把槍奪去。

「打吧！你打吧！」太太的眼淚急速滾出來。「你不要我，又不要孩子——」

他肢體顫慄。如果這是真槍，他會不會扣動扳機？阿蘭能夠靜靜地說出她心中想說的話，就不會釀成悲劇。在出事的前一天，晚上七點到十一點，阿蘭是在萬省良夫婦身旁。阿蘭對萬省良說，她覺悟了，她要重新做人。她是女人，女人就要做成女人的樣子。別人對待她的，她也同樣的對待過別人，恩恩怨怨的帳全結清了。丈夫賤視她，不把她當太太看待，所以她看電影、跳舞、打牌、接近不喜歡的男人，希望使丈夫生氣、妬忌——她說那是對男人的報復。她知道那樣做會惹火燒身，所以要面對現實，忘記過去不成熟的一段舊情。而是你卻在公園裡，用子彈結束了她感情的渣滓，不讓她有自贖的機會，你確是太殘忍了。槍能解決事實和良心上的負荷？你借了萬省良的槍做殺人工具，是存心報復，報復。你內心眞是那樣卑鄙、汙穢？該死的不是阿蘭，而是你自己——

「砰！砰！」

太太的哭聲和小牛一樣高。「你打吧！打吧！我不要活了！你下班不回家，回家就發脾氣！」

他獃獃地看著四隻手抓牢的槍。屋中很吵、很囂鬧。鼻腔有一陣肥皂味。不。是火藥的硫磺味。濃濃的燈光，濃濃的焦慮和煩悶。太太爲什麼變成這樣不講理？他內心的痛苦，當然不能向她訴說。一切都不是眞的，萬省良今天才告訴他關於阿蘭的祕密，是眞是假？或許是萬省良編造這一段阿蘭悔改的話，讓他在受過法律制裁後，再受良心上的懲罰。萬省良來找他，只是要他去阿蘭墳上弔祭，看看阿蘭墳上那束鮮花？

不錯。想起來了，那束鮮花是萬省良送去的，不然，誰會到阿蘭墓上去。他也不該去，去了以後有很多感觸，起了很大歉疚。對死去的和活著的妻子都有罪惡感。萬省良不該來找他，不該要他弔祭阿蘭；更不該提起阿蘭以往的種種。這是萬省良卑汙、無恥，使他不能安靜地生活下去。他會在吃飯、工作、娛樂時，看到阿蘭的影子，夢中會和阿蘭在一起。

是的，想起來了。他夢見阿蘭在一個山頭上下棋。阿蘭不會下棋，大概是五色牌吧！他輸了，阿蘭贏了很多籌碼、貝殼，還有很多錢。他急得哭了。男子漢大丈夫，輸了錢會哭，多難爲情——他醒了。太太搥著他的脊背，小牛在大哭，那是一個多麼不眞實的夢。

「眞抱歉，這槍就是不聽指揮，」他沮喪地說：「不要它響，它還是響。」

「誰叫你玩？」太太的語氣還是又硬又重。「給我！我要把它摔掉！」

「不要，千萬不要。」他帶著央求的口吻說：「我馬上收起來。妳還是哄哄小牛吧！」

太太像已用盡力氣，沒有搶到槍，而且小牛的喊叫聲愈來愈大，她彷彿再忍不住心腸不管了。她放開槍便彎身在搖籃上，雙手抱起小牛，嘴裡喃喃地說：「寶寶乖，不要哭。媽媽打壞爸爸。乖啊，乖！」

太太抱著小牛轉圈子，嘴裡咿咿唔唔哼著；小牛已經停止哭泣，屋中又安靜下來。

他還是兩手抓槍，愣愣地站著。他想，他是不該買這支玩具手槍的。爲什麼要買呢？他苦苦思索，還想不起買槍時的心情。

從阿蘭的墓上回來，心像被挖掉一塊，空虛而又暈眩。田地、村莊、城鎮都在晃盪。他渴望獲得一些支撐自己的力量。飯店、百貨櫥窗，鐵籠中蠕動的蛇身，大花裙皺盪的女人……一一在眼前滑過。在玩具店前，看到這彎柄手槍，內心猛地一亮。他需要一支槍，一支眞槍，而不是玩具槍。

而眞槍幹麼？阿蘭死了，他沒洩憤的對象。可是那阿蘭生時念念不忘的人——萬省良沒有死。他妬忌萬省良占有的肉體和永久的靈魂，他怨恨萬省良把不該告訴他的事告訴他，他要拿起槍來，瞄準萬省良，扣緊扳機——

「砰！」

他猛吃一驚；怎麼槍又響了。小牛在母親懷裡，沒有哭，嘴張大歪了歪；但太太的臉鐵青。錯了，他不該放槍的，不論是眞槍，還是玩具槍。那樣太對不起自己的太太了。而且，別人都沒有錯；錯的是他自己。他對自己特別寬厚，太不肯原諒別人了。

他衝到太太面前，抓著槍身，把槍柄伸向太太的懷抱。他說：「我眞該死。我非常對不起妳。請妳原諒，我以後再不玩槍了！」

太太看到他這認眞的樣子，噗哧一笑。用右臂抱緊小牛，騰出左手接住槍柄。微笑地說：「你眞像個孩子，瘋瘋癲癲的。還不快到廚房吃飯去。」

他車轉身，背著太太急向廚房衝去。

木桶內的世界

洪健雄躡足閃進屋內，還好，沒有一個人看見他。廚房內有燈光，太太和孩子大概都在那兒吃晚飯。這是吃晚飯的時間，肚子響得很厲害。最好坐下吃三大碗飯，把經過的事實告訴太太，或許太太會原諒他。

可是，時間不許可這樣做，他得先找一個地方藏一藏自己。他沒有辦法確定那些人是不是來找他；如果他們一直向前走，不彎到這條小路來，他就有足夠的時間，收拾自己需要的衣物——最主要的還是錢，有了錢就好辦。

從窗子向外看，那條路上有些人影搖晃。糟了，那一定是來捉他的。門後？躲不住，一雙腳會露出。床下？稍微有點經驗的警察，馬上就可以把他拉出來。壁櫥很好，彎身爬進去。光躺著不行，要用什麼東西蓋好，衣服，不行，被單、毯子都不行。兩腳伸不直，打開櫥門，原形畢露。

跳下，又急又熱，渾身汗臭，最好是洗個澡。能躲到浴盆內去嗎？不能。院子裡有隻木桶，好主意。這是裝米的，米吃光了，太太早上對他吵了半天，現在米桶底朝上。他蹲下，鑽進木桶。味道不好受，桶很小，還有發霉的米糠味。縮成一團，手肘膝蓋被緊緊箍住。最糟的是沒有空氣。不悶死才怪！

爬出來吧，另外找地方。撐起半尺高，洪健雄覺得不對勁，大門口有急碎的腳步聲，捉他的人已到門前？蹲下，先聽聽動靜。也許是前村的牌友「三缺一」，邀他同去「築城」；現在還有這種心情？

想法錯了。牌友不是這樣進門的。

「洪先生在家嗎？」

大門口嚷嚷的是陌生的聲音。那是誰啊？太太的警覺性太差，爲什麼還沒有聽到。聲音更大了：「家裡有人嗎？」

「是誰啊？」太太從廚房出來了。小平也學著媽媽的語調：「是誰呀？」

「洪太太，是我們。我們來查戶口。」

「噢——是金里長，請裡面坐。」

屏著呼吸，不能動。查什麼鬼戶口，明明是來捉他的。一隻腳、二隻腳、三隻、四隻、五隻……不少的腳在木桶旁走過。最後還有一雙腿緊靠著木桶沒有移動。大家都進去了，這雙腿站在門外是監視他？

「洪先生呢？」

「出去了。」

「什麼時候出去的？」

「下午三點左右。」

「沒有回來過？」

「沒有。」

「妳知道去什麼地方嗎？」

小平說：「我爸爸去公公家。」

「這孩子眞乖，幾歲了？」

「八歲。」

桶裡的人捏了一把汗。眞險。如果剛才回家，被太太和孩子看見，太太答話不自然；孩子心直口快，立刻會告訴他們：爸爸在木桶裡。不是一切都完了。

另外一個粗嗓音說：「剛才有人看到你爸爸回家了，你沒有看到？」

小平說：「開玩笑，我們還等爸回家吃飯哩。」

又一個尖嗓子說：「不要逗孩子玩，我們談正經的。洪太太，妳知道妳丈夫做了不好的事吧？」

「他又賭錢了？」

太太最反對他賭錢，認爲那是天下最壞的事。可是，沒辦法，聽到「牌」一響，心內就慌。不管什麼樣的牌，坐下再說。在牌桌上可以度過一天兩夜。錢輸光了，當鋼筆、手錶、戒指。東西不見了，太太會從他口袋內摸出當票，去當鋪贖回。然後是長期的爭吵。

又煩、又悶，家中坐不住，再去賭場。當票既然惹麻煩，還不如賣得無影無蹤的好。橫豎是吵鬧，吵鬧就讓他吵鬧吧！

每賭必輸，每輸必鬧，每鬧必賭，是個大循環。太太住進產房，沒有人吵了吧？

當然是，他是不想賭的。太太貧血、營養不良、難產。必須輸血。他懷中揣著一千CC的血錢，從工廠中借來的薪水。路上碰到牌友老夏，他說：大場面，你不去看一看？

有多大？

上萬的輸贏。

在什麼地方？

公共浴室。

浴室是個好地方，門窗關緊，抓賭的以為裡面有不少「天體」的人。誰想到殺氣比蒸氣更容易使人迷惑，吸引了更多的人群：簇擁著吶喊、流汗，相互要別人的心肝、五臟。看著那滿面青筋的傢伙，鈔票一堆堆多起來。

老夏說：不跟一把？

躊躇：太太待產，借來的要還，贏的就不要還了。

手有點發抖。二百CC的血放下去，一張、二張不要了，錢被莊家擄去。一千CC的血全被莊家喝去。

同事和鄰人連夜湊錢，太太和小平現在才能站在屋中，阻擋捉他的人。

尖嗓子說：「你丈夫做的事比賭錢還要壞。」

太太聲調起了顫音：「是偷東西了？」

「他偷過人家東西？」

「沒沒……有。只偷過我的。」

木桶要炸裂，他的肚皮膨脹，悶氣向四周噴溢。如果不是木桶箍住他，定要抽太太一記耳光。夫妻是一體，怎能分你的我的。

在飯桌上，太太把一串戒指放在他面前：你認識吧？

他低頭扒飯，看也不看一眼：我不認識。

我去買菜的時候，你爬到床下去了？

誰說的？

小平的話會錯？

我找一張證件。

證件放在你自己的書櫃裡、木箱裡，怎會跑進我的皮箱？

誰和妳分妳的、我的？妳的還不是我的；我的還不是妳的。

太太哼了一聲，噘起嘴唇，滿臉不屑的表情：說得倒漂亮。如果不是徹底認識你這個人，眞給你騙了哩！

誰騙過妳？

小平說你到床底下翻過箱子，我打開箱子一看，什麼都不缺少，戒指還是一個、一個串在一起。

本來就是嘛，誰要拿你的東西。

你慢點高興。後來我又想了想：你不拿東西，爬到床下幹什麼。於是我又打開箱子，抓起戒指，覺得分量不夠。原來你偷去我眞的，用假的來充數！

尖嗓子又說：「偷家裡的不算。有沒有偷過人家的東西？」

「沒有。」

他眞想鼓掌叫好。可是木桶的空間太小，手腳沒有迴旋餘地；而且在桶邊附近的一雙腿，像還沒移動，怎好冒失。太太答得很乾脆，她怎知道他在外面做的事。昨天他偷了一枝鋼筆，一輛自行車還有一部馬達。這樣看來，在外面做的壞事，還是不讓太太知道的好。

粗嗓子岔進來說：「沒有就算了。現在我問妳，他可能會到什麼地方去？」

「他沒有一定。只要看到賭，像蒼蠅見到血和膿，釘著就不走。」

這是太太經常在家中罵他的話，怎好向別人開口？難道她就不知道「家醜不可外揚」。

來的人眞不少，又有一個破嗓子開口了：「洪太太，對不起，這是規定。我們要在你們家看一看：他到底在不在家。」

小平說：「有什麼好看的？說不在就不在嘛！」

媽媽馬上阻止他：「小孩子少說話。看是可以，你們這麼多人，當然我不好反對；但我想知道他做了什麼不好的事。」

破嗓子說：「很壞，壞得難以使人相信！」

「他到底做了什麼？」

「逆倫。他拿斧頭殺他父親——」

「騙人！我不信，他不會做那樣的事。」

「信不由妳。事實是這樣：他父親被殺傷了，送到醫院急救，有沒有生命危險，現在還不知道。」

「不會，不會。他不是那樣人。一定是你們攪錯了，硬說是他！」

「現在我不和妳辯論，只要找到他，法律會告訴他結果。現在我們分頭找找看吧。」

腳步聲踢踢躂躂，卡嚓卡嚓。他感覺木桶有點顫慄。鎮靜，必須鎮靜，手腳打抖就會出事。木桶旁的一雙腳仍沒有動，那是在前面監視的人；後面還有人看守嗎？哆嗦，心窩跳動，全是懼怕？太太的話講對了：他不會做那樣的事。

回到家。父親含著菸捲，躺在竹片涼椅上，兩眼瞪著他。

又回來要錢了？

是的。

我知道：你不要錢不來；可是，家裡不是開錢莊。

雖然沒有錢莊，但起碼有飯吃。

難道你沒有飯吃了？

米桶底朝上，全家大小快要餓死了。

父親從涼椅上撐起來，大吼：你騙誰？誰相信？沒賭本了，才裝成這副窮相，眞是沒有骨氣的東西！

給不給錢不要緊，請不要侮辱我。

我是你老子，就不能說你？你長得這麼大，三十出頭了，成家立業，不拿錢供養老子，還伸手向老子要錢，你還算是個男子漢？

氣得渾身發抖。是父親嘛，不必再爭下去，該掉頭就走。可是，得把理由講明白！老子生我，就該管我！我賭錢、偷東西，還不是你放任的？我長大了，就把我一腳踢開，祖先傳下來的財產、商店、資本，全不分給我，我靠什麼過活，你以為我是傻瓜、笨蛋？我才不傻不笨，全記在心內哩！

反了，反了。兒子教訓起老子來了。父親拋掉手中大半截菸捲，伸手從水泥地上抓起一把斧頭，朝他頭上猛砍。

不是躲得快，腦袋定要分家。閃開一斧頭，第二斧頭又猛地劈下。頭頂的四隻手抓著斧頭柄揮舞。爭啊、推啊、搶啊、奪啊！斧頭鋒利的口滑向父親後腦殼。他雙手向前推，另外兩隻手卻向後拉。拉啊、拉啊！鮮血冒出來。

救命啊！兒子殺老子了。救命——

不要嚷嚷，我替你敷傷口，雙手鬆開。

父親沒有聽他的。繼續狂喊：殺人了，兒子殺老子，救命啊！

四處腳步聲聚集。他放開雙手，父親直挺挺地躺下，仍顫聲吼叫。他不能再停留。事實不會讓他分辯。那麼多人，一拳一腳會捶死他；每個人唾一口唾液，會淹死他。他告訴自己：跑吧，還等什麼？

殺老子的兇手跑了！追啊！

追啊——

不要追，現時困處木桶裡。只要桶邊的人翻開木桶，就可以看到這木頭木腦的兇手。

小平問：「爸爸真殺公公嗎？」

「你看爸爸會嗎？」

「我看不會。爸爸好勇敢，只會殺壞人，不會殺公公。」

「小孩子少講話。看：人家都出來了。」

腳步聲拖拖拉拉，像有不少的腿圍在木桶前後左右，真正的危機到了。一定有人看出這木桶豎在門旁很怪。

小平說：「我說爸爸不在家，你們找到了嗎？」

破嗓子說：「我希望和我們合作，洪太太，要勸妳先生自首。自首可以減輕罪名。」

「我見不到他人，怎麼勸啊？」

「他一定會回來的。他身上沒有錢，沒有換洗衣服，不會跑得很遠。妳可以告訴他，不論跑多遠，我們都會捉住他。」

木桶震動，重量下沉。他覺得那是一隻腳踏在木桶上。完了，那隻狗腿用力一伸，就立刻現原形。踢翻木桶吧！為什麼不踢呢？難道是故意要他？或是要讓他自己頂著木桶撐起來獻醜？

「如果他不願意自首，妳可以偷偷告訴金里長。」破嗓子的話說得最多，大概是首領吧。「知道金里長的家吧？」

「知道，我常到金里長家買豬肉。」

「不然，打電話給我——我的電話號碼是——」

「不用說了，我會通知金里長。」

「那麼我們走吧！再見。」

木桶裡面的人輕噓了一口氣。腳步聲ㄔㄒㄔㄒ，一隻腳用力踏一下木桶，倏地又搬開，摻在那些腳步聲中消失。

沉寂得和木桶內黑暗一樣，他馬上就要撐起，但突地聽到一陣骨冬骨冬的走路聲，由遠而近。

破嗓子喘息地說，像是急著趕回的：「洪太太。王雪麗小姐，妳可以接受我的意見了吧？」太太的名字，破嗓子怎麼知道。他們是早已相識？

「你說吧。」

「妳有這樣一個賭錢、偷東西、不顧家庭的丈夫，又是一個逆倫的兇手，妳還愛他？」

「那是我自己的事，你管不著。」

「我得管妳。十年了，我一直等妳。只要你願意離開妳那不爭氣的丈夫，我會幫助妳——法律會幫助妳，每年我都來看妳一次，問妳有沒有改變主意；現在妳該知道：不嫁我，嫁給這樣流氓，是自己選擇錯了吧。」

「少廢話，快走開！現在不是談這種事的時候！」

「這樣說，我還有機會。我要等——」

「不要等了，你永遠沒有機會！」

「我先走，大家在等我了。我會再來和妳談判的。」

腳步聲忽遽地消失。小平說：「媽媽！這個人是好人壞人？」

「是好人。」

「是好人，媽媽爲什麼不喜歡他？」

「你這孩子，廢話眞多。怎麼能把人分做好壞兩種？好人有壞的地方，壞人也有好的地方。」

「我不懂媽媽的話，妳說說看：爸爸到底是好人還是壞人？」

他本來不想在太太和孩子面前從木桶內爬出。可是現在不能再等待了。他不希望孩子從母親口中得到爸爸的壞印象。

兩臂上升，拳頭撐起木桶。

小平邊喊邊跑：「媽，妳看：爸爸好滑稽。捉迷藏，誰都找不到。」

木桶放在一邊，他站起來。暈眩、腿腳痠麻，他扶著牆壁不讓自己倒下。

太太跑到他身旁，問：「你眞殺傷了公公？」

本來他想搖頭。但看到太太和孩子的面孔，有一種力量在內心衝擊。他說：「是的。」

太太說：「你快進去躲起來，他們沒有走遠，可能還會回來。」

他看著小平的眼睛，搖搖頭。

「家裡不安全，那麼你還是離開吧！我去拿一點衣服和錢給你。」

呼吸了新鮮空氣，精神已好得多，他不要扶牆，已能站穩腳步。

小平偎倚在爸爸身旁，問：「爸爸你是好人壞人？」

「你看呢？」

「是好人。」

爸爸輕拍兒子的頭頂：「現在你還小，等你長大了看清楚再說吧！」

太太從房內竄出，把花布小包袱塞在他手內：「你從後門出去，就不會碰到他們。」

他打開包袱，從換洗的衣褲中撿出一個小布包，那是太太的金項鍊。他解開鍊扣，套在太太頭上：「妳還是留下做紀念吧！」

「我不要。」

「聽我的，不會錯，我不需要這東西。」

他結起包袱，掉轉身向門外走去。

太太大聲叫：「你錯了，應該走後門；從大門出去，就會碰到他們。」

他沒有回答。鼻子和喉頭阻塞，眼眶中注滿淚水，說話時就要顯出哭聲了。

小平說：「爸爸爲什麼又走了。」

媽媽說：「你爸爸眞怪，是個怪人。」

他的眼淚已溢出眼眶，急速地衝出大門，不想聽母子的談話了。

沒有觀眾的舞台

黃豆大的雨點，跌落在潘禮遜的頭頸上，胳膊上。但他不想站起來。氣象預報說，「歐珀」颱風明晚八時登陸，距離現在剛好是二十四小時。這時風勢不大，雨是一陣陣的，他坐在這木椅上，已經歷過四次「陣雨」，風雨對他已不很重要了。

這是一個露天劇場。一排排的長木椅沒精打采的蹲在空地上。平時會有孩童、情侶、遊客憩息在這兒。遇上音樂、歌舞等節目表演，會有成百成千的人坐著站著、圍攏著喧囂鬧嚷。但現在是颱風來臨的前夕，誰有這份閒散的心情坐在這兒，欣賞沒有人表演的舞台。

舞台上沒有節目表演是真的；但有不少的人在台上——他沒有去數多少人，看起來有十二、三個，也可能是十一個或是十四個。台上的人多人少和他沒有什麼關係；他們有坐著的、臥著的、走來走去的。舞台上面有天篷，雨不會淋著他們。難道他們是無家可歸的流浪漢？要在這三面沒有牆的舞台上躲避「歐珀」颱風？他們的境遇是好是壞？他們的心情比他惡劣還是愉快？

舞台上燈光給雨籠罩了，他坐在遠遠的最後一排椅上，透過霧濛濛的雨景，看不清他們的臉龐和面色——這不是理由。實際上是他不關心他們，他也不關心自己；從小高諷刺、辱罵他以後，他已不關心整個世界。整個世界不是一直在打擊他，遺棄他？他已變成一個孤獨的、無助的人了。

雨突地停歇，他才覺得自己的衫褲全身都已溼透，一陣微涼的感覺逼使自己清醒過來。他應該趁雨歇時回宿舍，不能再獃坐在這兒等颱風。如果「歐珀」眞正來臨，風狂雨大，說不定眞走不回宿舍哩。

想起回宿舍，就聯想到小高。在宿舍中再碰到小高，是跟他打招呼，還是掉頭不理他？小高欺侮他太過分了。那油嘴滑舌的小高爲什麼要和他過不去。

今天是發薪的日子，他走到會計室去領薪水，會計室內擠滿人，嘻嘻哈哈很熱鬧。輪到他蓋章了，小高在他身旁，拎起他的薪水袋在半空中打圈圈，一面大聲喊嚷：「三等科員潘禮弼，領袋一，藏袋一，命中零，完結！」

他又氣又急。連忙伸手去搶，但給小高閃開了。「你這是什麼意思？」他感到喉嚨起乾結。「不要開玩笑了。」

小高聳聳頸項，做出小丑的樣子，捏著嗓子說：「他們都說你的薪水，一文不花，是眞的還是假的？」

辦公室內的人全看著他，出納彭小姐像也停止工作了。他問：「是誰說的？」

「那你甭管！」小高得意地打了一個迴旋。「你不吸菸，不吃酒，不打牌，不進舞場、電影院，不去——」

他看到小高的目光轉在彭小姐的眼前，突地頓住話頭。他知道小高要說什麼，連忙搶著問：「你認爲不亂花錢，是不良的『嗜好』？」

「哪裡，哪裡，是高尙的『嗜好』！」小高左手一揮，再拍著右手抓的薪水袋。「所以大家都說你是『猶太國王』，是守財奴——」

他突地覺得辦公室向上浮起，牆壁上的掛鐘、圖表，許多許多面龐——包括小高的、彭小姐的——在他眼前旋繞、晃蕩。小高當著這麼多人說他是三等科員，他就很不開心。他在這機關服務十二年，辦事多，說話少；從不遲到早退、投機取巧。眼看別人升的升，調的調，就連小高這樣蠢材，才來這兒三年，沒有看他好好辦過一件公事，據說也要快調升股長了。他本來不過問這些閒事；可是小高要當著這麼多人，當著彭雲濤的面侮辱他，實在使他無法忍受。

小高這樣對待他，難道是爲了他平時和彭雲濤比較親近的關係？實際上他對她沒有野心，頂多和她談天說笑，而她也樂於和他這個沒有任何目的的人交談。小高就要藉此機會表現自己長處，揭開別人瘡疤，想討好彭雲濤，那簡直是太卑鄙、太無恥了。

他猛地衝上前去，右手掐住小高脖子，左拳在小高眼前擺動，厲聲問：「誰是守財奴？你爲什麼要這樣侮辱人？」

小高把他的薪水袋拋在地下，雙手掩護著面孔，用哀求的口吻說：「那是和你開玩笑的，何必認眞；放手。這樣多難看。」

大家都簇擁在他們身旁看熱鬧。小高的身材瘦小，在他的掌握中，掙扎得面紅耳赤，氣喘吁吁，仍沒有占到優勢。他眞想痛痛快快揍他一頓，但看到彭雲濤用驚詫的責備的目光看著他，他只是狠狠地說：「如果你以後再胡說八道，一定要你好看——」

有人走近拉開了他。即使沒有人拉他，他也該放手了。他撿起薪水袋走出會計室，就覺得自己做了傻瓜。本來可以用微笑對付小高的，而他卻用自己平時最不屑的野蠻方法，使那麼多的人議論他、嘲笑他：「潘禮弼一定有神經病，不然怎會爲那樣一句玩笑大吵大鬧？」這機關裡的人見面就問：「潘禮弼在會計室發神經病，你知道吧？」「不知道怎麼回事？說說看。」於是他走到任何角落，總有人在背後指指點點說：「看，神經病又要要什麼新花樣了？」

又是一陣又大又密的雨點敲擊著他，他倏地站起身來。現在他不能再坐在這雨地中了，別人看見他——舞台上那些人看見他，他們一定認爲他神經不正常。他已發覺舞台左角那高個子正凝神看他；他太惹人注目了。風狂雨大，每個人都要回家做防颱的準備工作；即使沒有家的流浪漢，也該像舞台上那些人，找一個能避風雨的角落。正常的人怎會坐在這雨地中，呆望著那永不開幕的舞台？

他順著椅子的甬道慢慢向前走。現在仍無法決定走往何處。他也要和流浪漢一起，過驚險的颱風之夜？他們會不會拒絕他？如果知道他有完整的房間，有床鋪、有蚊帳、有桌椅、有那麼多同事等著他，當然不會收留——可是他回到宿舍，就會看到小高，看到許多驚異的目光。所以他離開會計室，一直的在外面遊蕩。從市區到郊外，從馬路到橋梁。在一座長長的鋼筋水泥大橋上，俯瞰混濁濁的波浪，他起了一個從橋上躍進河中的衝動。那樣他就聽不到人們嘲諷的語調，看不到人們鄙視的眼色。小高、彭雲濤都再見吧！三等科員和一等科員又有什麼不同？小高半夜醒來良心會感到歉疚？彭雲濤在辦公時間以外，還會憶念那個「猶太國王」？

風激盪著波浪衝向橋墩，發生鏗鏘的響聲。岸旁順頭順排著八九隻狹長的木船，在浪濤中蕩漾，有低矮的蘆篷覆在木船中艙，他想那就是船伕生活的天地了。船上有炭爐、鋁鍋，灰黑的錫茶壺，舀水的木瓢……船伕悠閒地躺在篷內，任木船顛簸晃漾。他想，一陣狂風就會吹走蘆篷，傾覆船身；狂風暴雨還會播弄那些木船向橋墩上撞去；但船伕們毫不在乎，養精蓄銳準備和惡劣的命運——無人性的狂風暴雨搏鬥。他們沒有理由退避，該說是沒有地方退避，所以只有提起勇氣面對現實。他爲什麼不能像船伕一樣準備和惡劣的環境奮鬥一下。

他一步一步向前走，雨滴敲打木椅，發出空洞的回聲。木船船頭有一條很細的鐵鍊拴在木樁上，船尾用竹篙插進圓洞穩住船身。他沿著橋欄一步一步向前走，仍不斷回頭看那些將和「歐珀」奮鬥的小船，就覺得小高和其他的同事不值得一提了。如果他從橋身縱下，小高會對彭雲濤說：「妳敬佩的那個守財奴自殺了，妳說傻不傻？」

當然不傻，他現在正一步步走向舞台。風吹亂他頭髮，雨迷住他眼睛，他感到一陣虛弱。哦，原來他已整天沒有吃東西了。午飯沒有吃，現在又該是吃晚飯的時刻。他右手伸向臀部，拍拍長褲後袋內的薪水包，仍舊是厚厚的一疊貼住肌肉。在大橋上他曾拿出來，想一張張散在河心，讓它隨風飄蕩。那許多船伕會駕船出來，去水上撿那一張張鈔票嗎?他們一定要說他是瘋子，是神經病。如果小高知道他這樣「花」錢，更有嘲笑他的根據了。

他該進一家豪華的飯館，叫最好的酒菜，吃完後去電影院再逛舞廳，他要痛痛快快花完今天領的薪水。他有手有腳有頭腦，還比不上小高那種笨蛋；他不喜歡看電影也不會跳舞，但「嗜好」可以慢慢培養的啊。

雨點似乎又加大了。他伸手摸一把臉上「嘩啦啦」的雨水，頭髮、頸根全溼了。不對，穿這樣一身溼淋淋的衣服去豪華的飯店和舞廳，不被僕歐趕出來才怪。而且他從來沒有去過那種地方，如果惹出笑話，傳到小高的耳裡，那他就更沒有臉面回到宿舍和辦公室了。

站在舞台正前方，他看出台上的人們攜著簡單的行李用具，正準備鋪草蓆，打開行李捲。舞台很大，但他們活動的區域壓縮得很小，僅占據一個左邊的角落。原來大半個舞台都被雨潑溼了。如果「歐珀」眞正登陸時，他想，整個舞台恐怕不會有半寸乾燥的地方；那樣，他們就要由殘酷的風雨任意擺布了。

台上人顧自的忙碌著，沒有注意到雨地中的他。他不需要他們注意，他自己會照顧自己的；而他們的苦難正時刻在增加，他能有多少力量去幫助他們？

一陣急風攪起冰涼的雨柱猛拍著他，他打了一個冷顫。他提醒自己再不能痴呆地立在雨中，要找個暫時躲避風雨的地方。

他沿著舞台邊緣，走向左邊的台階。他要和流浪人在一起共同抵抗風雨，度過這患難的時刻。他們會拒絕他？他參加他們一起對他們會有幫助？他爲什麼要幫助他們？是爲了自己不願回宿舍見到小高嗎？

風停了，雨歇了，他站在舞台中央。他想，他自己的樣子一定很難看：頭髮滴水，臉上流水，衫褲全膠貼在身上。他從舞台上人們的眼色中可以看出來。他們用驚詫混合著憐憫和同情的目光看著他。他內心哆嗦了一下，突地憶起在會計室中和小高叫鬧時，彭雲濤不正是用這種眼神凝視他嗎。他當時的狼狽情形，和現在一樣？他覺得自己的身影在舞台當中的燈光下扭舞。那許多面孔一個個都模糊了，擺動了，整個舞台像有白茫茫的光體在閃爍、跳動，和狂風暴雨連成一片。

靜止了，他像經過一段永恆的時刻。

他揮著右臂說：「請大家站起來，排隊。」他覺得自己像個將軍，也像個「猶太」國王，他要指揮他們，命令他們。

他們對他的命令懷疑了，相互交換一個驚詫的眼神，像懷疑他是一個便衣警探，懷疑他是一個走出精神病院的瘋人。可是有三個，不，五個人站起來排隊了。還有些人採取觀望遲疑的態度。

「快點！」他又大聲嚷：「快排好隊。」

十多個人——他沒有數，像一時數不清——橫排在他面前，但還有兩個人沒有理他的命令，仍站在角落裡冷冷看著；他也不管他們了。迅速地從褲後口袋掏出薪水袋。眼前立刻閃過生活補助費、職務加給、煤鹽代金……六百四十六元八角的字樣。

打開薪水袋，數了五十元交給排頭第一人；再數五十元給第二個人，第三個人……

到了最末一個，只剩四十元了。舞台上的人已全部橫排在他面前，他要留下六元八角去吃一碗麵，排尾那個人只好少拿十元了，爲什麼他不早點排隊呢。

排頭的人說：「你給我們錢，爲什麼？」

「爲什麼？」他大笑起來，他自己也不知道爲什麼呢。他說：「請你們去吃一餐飯、喝點酒，好抵抗颱風。」

他們又互相交換詫異的目光了。如果不是把錢抓在手裡，他們是不會相信的。他自己也不會相信自己這樣勇敢，像一個將軍，像一個國王那樣命令他們。他今天才四十歲，比美國總統甘迺迪還要年輕得多哩。

他掉轉身軀，看到台下一長列、一長列那些橫排的木椅感到吃驚；如果木椅上坐滿觀眾，他會這樣表演嗎？如果小高看到他這樣舉動會怎樣驚奇，會有怎樣想法呢？

感到欣慰的是：台下沒有觀眾，小高也不在台前。不然他就不會這樣表演。

他走向右邊台階，仍扭轉頸子眷戀地看看那些懶洋洋的木長椅，千千萬萬的雨柱繚繞在椅旁。他穩住腳步，一步步地踏下舞台。

貓王的悲哀

「愛麗絲」歌舞團報告員走向「麥克風」，兩手抓住細長的鐵桿，垂著眼皮說：「下面再由本團『貓王』金克明先生，唱一支英文歌：『愚蠢的邱比特』。」

台下立刻揚起哄亂的吼聲：「不要！不要他唱！」

「貓王滾下去！」

「我們要看藝術舞蹈！」

「…………」

「貓王」已從側門走出，抱著七弦琴站在舞台中央，感到面孔發燙，整個劇場在喘氣。他無法決定是接著唱下去，還是摔掉七弦琴鑽進後台痛哭一場。

觀眾沒有錯，他們是來看「藝術舞蹈」的。戲院門前，巨幅的廣告畫上，有近乎赤裸的舞蹈女郎，還有斗大的女歌星的名字陪襯著。「貓王金克明」的字跡很小，摻雜在誘惑性的線條和藝術字體中間，顯出一副可憐相。觀衆沒有注意到他的名字，怎會重視他的歌唱。低級的宣傳，引來三流、四流的觀衆。他們不在乎「狂獅」爵士樂隊；不在乎唱英文歌或是中文歌，那對他們都無關緊要；他們要看的只是「藝術舞蹈」。

去你的藝術舞蹈！他憤恨地想。在他未上場歌唱之前，便有一個年輕的女郎在台上扭腰、擺臀，肢體顫慄、晃蕩。慢慢躺下去，赤裸的脊背上滾滿泥沙後站起來，亂蹦亂跳就是「舞蹈」，就是「藝術」？可是觀衆的臉上，顯出貪婪的神情，全場靜靜的沒有聲響，如果不是每個人手中輕搖著橢圓形紙扇，他會以爲他們的呼吸停頓。他帶著又羨慕、又嫉妒的心情，在舞蹈女郎鑽進後台時，走上舞台唱第一支抒情歌曲。自己覺得唱糟了，聲帶不接受控制，音調枯澀沙啞，臉上的表情呆板。觀衆前後擺動、談笑、嗑瓜子，嘻嘻哈哈，誰都沒有聽——大家聽得不耐煩，他自己也很難過；報告員要他再唱一支英文歌。那是讓跳舞女郎化妝、換衣服，調整節目……？他不知道。他該唱一支：「愚蠢的貓王」，讓大家的吼聲更大些。

「貓王」覺得七弦琴很重，重得使他無法伸直腰桿。他不能彈，更不能唱；該回到後台鑽進凌亂汙穢的角落蹲下，不要再站起來。

他扭過脖子徵求樂隊的意見。可是鼓手、喇叭手、大提琴手……已開始演奏。伸縮喇叭正起勁地推拉、搖晃。他們臉上沒有表情，只畫著職業性的冷漠。觀衆的噓聲、喝倒采，要你滾下台，是你自己的事，與他們無關。他們只會敲敲打打，吹拉彈奏；拿薪水、買老酒、評論胸脯大腿扭擺姿勢。你和他們穿相同的「制服」：黑地白迴紋條的怪上衣、白長褲、黑皮鞋，該撥著琴弦混在他們一起嘻嘻哈哈，爲什麼要歌唱？他們不同情你的遭遇，也許老早怨恨你、嫉妒你，現在正是他們開心得意的時候。他們希望吼叫的人愈多愈好。

他仍僵立在舞台中央。兩側的角燈變成緋紅色，斜著傾射在他身上。菱形的白色光體，像肥皂泡似的飄浮在舞台上。他瞪視上千觀衆的面龐，灰茫茫的霧氣迷濛全場。客滿。甬道和座位後面空隙都站滿觀衆，像要擠炸斑駁的白色牆壁。人流仍不斷向場內湧進。丈夫攙著太太的手笑嘻嘻進場。太太有七、八個月身孕，是快分娩的樣子。每人手中抓著紙扇——三流戲院沒有冷氣，進場奉送一把紙扇，當然有代價，那是另一種宣傳廣告。戲院老闆很開心，又大大賺了一筆。收票員的表情嚴肅，閒人免進。「愛麗絲歌舞團」在他住的小鎮上演出，他愛上了跳舞女郎薇莉。每天要看收票員的面孔。

薇莉說：「我們演完最後一場，明天就要到另一鎮市演出；你跟我們一道走嗎？」

「不能。」他說：「我有家在這兒。」

「你不是說過你愛我？」

他感到氣悶，沒有辦法回答。「妳可以辭職，妳可以留下來，我會好好照顧妳。」

「但是我愛好藝術。」她得意地說：「我不願意爲了你犧牲藝術；你也不肯爲我犧牲你的家，那還不如算了！」

聽到她談起藝術，他覺得噁心。她們眞是糟蹋了藝術。他不該接受她意見的；但他終於向父親提出。

父親說：「你離開家怎行！我只有你這麼一個兒子，我要把這祖傳的雜貨店交給你；你遠走高飛，我們將來靠誰？」

「我管不了那麼多。」他蠻橫地說：「爲了愛情，可以犧牲一切。」

父親說：「你愛下流的戲子，從此以後，脫離父子關係！我不要再見你。」

他不在乎父親的恐嚇，抱著七弦琴，跟著「愛麗絲」，跟著薇莉。在一年的時間內，發現薇莉並不眞的愛他。薇莉爲了「藝術」，不願和他結婚；而他站在舞台上，觀衆吼叫著要他滾下去。

好吧！滾下去。

轉過身子，更覺得後台的門向他招手。用不著悲哀、絕望，這是自然的定律。他們不是來聽歌唱，唱得好壞他們聽不出，歌聲、七弦琴彌補不了他們心靈的空虛。唯有「藝術舞蹈」才能刺激他們的感官，滿足他們的慾望。紙扇、乳白色的牆壁，挺著大肚子的孕婦，跟著整個舞台、劇場飄浮、蕩漾。嘈雜聲塞滿腦袋。信心崩潰。整個世界、全部人類都在遺棄你，你還有勇氣面對現實？面對那些沉淪的失去理性的觀眾？

在轉身的當兒，他沒有忘記左邊的角門。薇莉的眼睛，在紫色台幔旁閃爍。她沒有表演的時候，總喜歡站在那兒眺望台上的表演和歌唱。現在她正顯出詫異的神情。他沒有聽樂隊奏些什麼；但他想得到「前奏曲」已奏完，他已誤掉接唱的節拍，樂隊像是在重奏了——他不關心那些。想研究的，是薇莉爲什麼要阻止他溜進後台。

不錯。上千的觀眾，只有少數人，十個、八個，或是三五個噓你，喝倒采；沒有意見或是不願表示意見的占絕大多數。爲了那些極少數的愚蠢的色情狂，你就會放棄不向環境屈服的原則。人們不會擊敗你；唯有你自己，才會把你從高牆上推下來。

他又面對觀眾，勇敢地走近前台，嘴巴湊近「麥克風」。歌聲被噓聲、嘈雜聲遮蓋、割裂。嗓音沙啞，聲帶扭曲，和第一支歌唱得同樣的糟。熱淚在鼻腔內蒸溜進眼眶，他要爲自己受到的屈辱痛哭。薇莉從來不關心他，像是永遠不會屬於他。她說，我還年輕，不懂愛情。愛情對我來說，有什麼意思。台下愛我的人，一定很多，我能一個個嫁給他們？

他愛薇莉沒有錯，薇莉愛不愛他，他不知道。薇莉的年紀眞輕，才十八，比他要小五歲。愛情在他們面前都嫌太年輕；可是那有什麼辦法，愛情往往缺乏理性。

在這小鎭，今晚是最後一場演出。上午沒有排演，他曾和她一道在河灘上散步。他說：「妳不答應嫁我，我不跟你們走了。」

「我才不管哩！」她不在乎地說：「那是你和老闆的事。你不唱歌，不做『貓王』，我還不是一樣跳舞。」

「想想看：我爲妳犧牲多大，妳眞沒有良心。」他喉管打結，不想說下去，但積在胸中的憤懣和怨恨，無法再忍耐。「爲了妳，家沒有了，父母不能見面。吃的、喝的、用的、住的都不如意，還受大家的氣。妳想我是爲了什麼。」

她尖聲笑了起來。「你是爲了犧牲而犧牲。誰教你跟著我？願意爲我犧牲的人多著哩！」

他一下子明白了。薇莉已失去善良的本性，不值得他去犧牲。他認爲自己犧牲得已太多，他眞是個「愚蠢的金克明」……

聲調慢慢高起來。嗓音圓潤光滑。噓聲停止，嘈雜聲漸漸沉澱下去。很多人注意他臉上悲苦、懊喪的表情了。不，全部觀衆的視線，都集中在他身上。扇子搖擺的速度慢了，悠閒了。藝術舞蹈上場，只剩三小點在半空晃蕩，扇子都沒有動，是墮落、頹廢的象徵。在不該痛哭時流淚，大家就會譏笑你。還是忍著唱下去吧！

緋紅的角燈燈光變成翠綠；小喇叭、手風琴、大提琴都圍繞在他身旁。舞台上撒布著紅、綠、黃……各種色彩，肥皀泡似的光體掃過他的額角、肩頭。這是一個夢幻的世界。整個舞台、劇場在腳下抖顫。幾千隻眼睛凝視他，屏息聽他歌唱，看樂隊演奏。他在「愛麗絲」最後一天，最後一場演唱成功了。

歌聲停頓，彎腰鞠躬。掌聲爆發，采聲雷鳴。

「再來一個！」

「貓王再唱一支——」

「歡迎貓王……」

「……」

他抱著七弦琴仍僵立台上。一切都是想像不到的。鼓掌喝采，和噓他下台的觀衆是一樣的。成功和失敗的距離很近，只隔微薄的一絲意念。

報告員冷冷地對著「麥克風」說：「貓王再唱一支英文歌：『姑娘，我愛妳！』」

在掌聲歡呼聲中拉開喉嚨。他感到興奮和驕傲。薇莉從沒有獲得這樣多的掌聲，所有的跳舞女郎表演，都沒有這樣轟動過。是因爲同情你被噓，大多數人才這樣鼓勵你；還是你唱得表現出感情？他們誰都不懂得音樂，不懂得歌唱，只是胡亂捧場。

他停止歌唱，讓樂器輪番演奏。鼓聲又響又急，使大家有進入戰場的感覺。樂手都離開原座，簇擁在前台。他抓著「麥克風」對準彎柄喇叭。大提琴手仰臥在舞台面上，手風琴晃來晃去。人和樂器混成一團，小喇叭手站在椅上狂嘯。這是一個狂熱的音樂世界，樂隊正表現出他們憤怒的感情、不平的吼聲。舞蹈表演時，觀衆不聽也不看他們的演奏。這時他們在台上吹拉蹦跳，敲擊著每個人的心靈，他們該滿足了吧？

台上鬧成一片。吼聲──現在是顫慄的歌聲。樂器不按著節拍敲奏。突然靜下來。靜。台下大亂。大吼。喝采、鼓掌聲不斷。仍然有人喊：再來一個。歡迎貓王……

他鞠躬，再鞠躬。在轉身回後台的當兒，瞥見報告員又垂下眼皮，緊對著「麥克風」說：「下面精采節目很多。因時間關係，不能再唱。現在請薇莉小姐，表演『藝術舞蹈』！」

台下又捲起暴雷似的掌聲。他突然感到身心很疲憊。因爲那轟動是歡迎「藝術舞蹈」的；刹那間，貓王已被別人忘光了。

特載(一)：

追求現代文學的成果

楚　茹

在自由中國，我們似乎沒「現代」的自由；凡是被稱為「現代」的，無一不受到嚴酷的非難——現代詩、現代畫、現代小說；甚至現代電影，全都成為眾矢之的。本來，在新舊交替的夾縫裡，這種現象原是無可避免的，但由於過分的偏執，老一輩的人，不肯讓年輕的一代自由去發展他們的心智，而年輕的一代，也往往抹殺了上一輩的既有成就，於是壁壘分明，聚訟不息，因現代詩和現代畫而引起的不斷的爭論，就是一個著例。但是，現代小說的作家們似乎不屑於這樣做，他們只是默默耕耘，以他們的豐碩成果，來證明他們的「現代」的確是豐富而且輝煌的。

談到小說，也許你喜歡有情節、有結構、故事熱鬧的吧！可是你得知道，看慣了《唐人傳奇》或《宋人話本》的老一輩的人，也曾對搞五四新文學運動那些憑空起筆的新小說大搖其頭。搖頭沒關係。現在我們對那種受過時代精神洗禮的新小說早已習慣，並且有了偏愛，偏愛得又反對別人來攪亂它的形式和筆法。但反對也是徒然。藝術原本就是創造、創造、創造！藝術沒創造就是死亡。

現代小說並不難懂。因為創造並不是憑空捏造。它只是將小說中的要件，以反傳統的輕重尺度來取捨，給與新的安排，並採用意識流的技巧，壓縮時間與空間，進而擴展新的時空。在語言文字方面的選擇與安排，也擺脫了習用的規律，嘗試獨創的蹊徑，使它們不只是表情達意、寫景敘事的工具，而使它本身便含有豐富的意義和聯想。它的目的，在表現赤裸裸的真實，使人對自身、對世界的真面目看得更清楚些；而不像以前那樣皮相的描繪人物，和要人物去鑽故事的框框，以及用故事來吊讀者的胃口。所以這種反傳統結構的，不重結構的結構，對於不常接觸的人，確是有點不受用。

但這種不受用的原因，除了接觸不多，基於習慣上的惰性，另外就是對於近代文藝思潮的演變，根本沒有人居高臨下的寫過系統性的介紹文章；零零碎碎有一些新理論譯介過來，也未曾引起普遍的注意。作品方面，由於銷路不佳，以致在現代文學上產生過很大影響或高度成就的作家，如喬伊斯、吳爾芙、湯瑪士·曼、卡夫卡、普魯思特、詹姆斯、康拉德、福克納、沙特等人的小說很少有人敢動筆去譯，即使譯了也很少有人敢印（編按：喬伊斯的名著《尤利西斯》已由九歌請金隄先生譯成平裝、精裝各二鉅冊，轟動海峽兩岸，張秀亞譯吳爾芙的《自己的房間》由九歌事業群的天培文化出版）。但時代精神和文藝思潮的影響原是世界性的，我們當年的新文學運動，本來就是在這種影響之下應運而生的。今天，我們豈可守著當年的一點成果，而不思進步？

所以要求了解現代小說，主要是靠我們通力合作來消除造成隔閡的原因，而不可嗤之以鼻，那樣是無補於實際的。因為吸收外國文學的優點，和世界文藝思潮的氣息，並不是把小說中的人物裝上鈎鼻子藍眼睛，而只是提高創作水準，用不著太緊張，否則諾貝爾文學獎將永遠落不到中國人頭上來。

近幾年來，儘管現代小說不受歡迎，不肯故步自封的作家卻仍大有人在。文甫就是其中的一位。到這本《沒有觀眾的舞台》出版，他算是出版過三本短篇小說集了。一本《解凍的時候》是在香港出版的，一本《女生宿舍》是在馬來西亞出版的，都是另闢蹊徑，追求現代文學後的成果。他的作品我大部分都讀過，甚至很多是未定稿。這本《沒有觀眾的舞台》，也是我從三四十篇小說中提供意見讓他自己選輯的。這本書我最喜歡的是那篇〈飢渴〉。它是現代文學中可貴的收穫。〈多角的玩具〉和〈貓王的悲哀〉也很不錯，其餘的也很夠水準。而且他就連取題目也別有心得，一點酸溜溜臭烘烘的味道都沒有。據說上面提到的幾篇作品，發表時都是沒有稿費的。由此可見不要錢的反而水準高些，想寫好小說的人絕不是標新立異來騙錢。有幾次我偶爾在報章雜誌見到他寫的東西，竟脫離現代小說的正途，而涉及賣弄技巧。我問他什麼道理，我說那是該打手心的。他說是人家約好了的，不可以寫得太現代。在現代文學上他可以算是小有成就。但是有些為了稿費而又捨不得放棄現代文學的立場，從而徒在人物觀點和心理描寫上不斷變換花樣，所創造出來的作品，卻並不理想。

水準高而又雅俗共賞的東西是不太容易寫的。福克納讓出版商撕毀過合約，喬伊斯沒有人肯印他的《都柏林人》，使他憤而離國，死在瑞士。為藝術而受盡磨難的作家是太多了，這種歷史也將永遠要重演。我只祝福文甫能堅持下去，創造出更高水準的作品，才不致辜負他已有的成就。

現在文星書店要給他出書，他要我寫點意見，以我們相知之深，應該是義不容辭；但我既無籍籍之名，肚子裡的墨水也極為有限，文章寫得不雅，形容也很猥瑣，連架式都擺不出來。所以這篇小文只能表示祝賀和期許！

——五十四年五月於全省首髒之區的三重市

本文作者楚茹先生，曾獲《亞洲畫報》小說獎及中國文藝協會文藝獎章文學翻譯獎。譯有《林肯的幽默與機智》、《愚人船》等書。

特載(二)：

領悟而來的思想力量

楚　卿

在沒有觀眾的舞台上底演員是寂寞的；但正因為他們不為觀眾而活動的時候，那就不盡是在演戲了。

那麼，是在幹什麼？

我不敢而且也不能用簡短的話語來回答。

人生是幹什麼？或是，幹什麼才是人生？人生什麼也不幹，所以什麼也幹得出來；或者，什麼也幹，所以什麼也幹不出來。只有一件事：——不為觀眾、沒有舞台；或者有舞台沒有觀眾而演的戲，才是屬於自己的——也許那就是所謂人生吧。

文甫和我一樣，認為人生是座舞台這句話是陳腔濫調。所以，我們兩人的小說是在解剖室裡進行的。所以，我們小說裡的人物不是演員而是被解剖的屍體——即使有的很美，有的很動人——不過，文甫比我「仁慈」，他在下刀的時候，面帶笑容，而我不是。

人生的缺陷太多，美的可能虛偽，善的可能矯飾；惟有真與不真才能定其感人的深與淺。感人以衝動的是虛偽與矯飾，只有真實的了解與認識，才能產生因領悟而來的思想力量；而這種力量，就掌握了文甫的創作心靈。

文甫的這部包括十九個短篇的集子，是繼他在香港出版的《解凍的時候》和在馬來西亞出版的《女生宿舍》之後在台刊行的第一本短篇小說集。對於一片錦繡，我想用不著費辭去解釋的，因為，它們已經呈獻在讀者的面前。

——五十四年七月於省立台中一中

本文作者楚卿先生，曾獲日本奧林匹克小說獎、國軍新文藝小說銀像獎、高雄市文藝獎。著有詩集《生之謳歌》、《永恆之戀》，散文《懷夢草》，小說《長河》、《不是春天》等書。

蔡文甫作品集③

沒有觀衆的舞台

作　　者：蔡　文　甫
發 行 人：蔡　文　甫
發 行 所：九歌出版社有限公司
臺北市八德路3段12巷57弄40號
電話／02-25776564・傳眞／02-25789205
郵政劃撥／0112295-1
九歌文學網：www.chiuko.com.tw
登 記 證：行政院新聞局局版臺業字第1738號
印 刷 所：崇寶彩藝印刷有限公司
法律顧問：龍躍天律師・蕭雄淋律師・董安丹律師
初　　版：1980（民國69）年7月10日
增訂新版：2009（民國98）年5月10日

定　價：240元

ISBN 978-957-444-590-5　　Printed in Taiwan
書號：LJ003

國家圖書館出版品預行編目資料

沒有觀眾的舞台／蔡文甫著. -- 增訂新版.
-- 臺北市：九歌，民98.05
面；　公分. --（蔡文甫作品集；3）
ISBN 978-957-444-590-5（精裝）

857.63　　98005306